華舞鬼町おばけ写真館
路面電車ともちもち塩大福

蒼月海里

角川ホラー文庫
20706

目次

華舞鬼町おばけ写真館

路面電車ともちもち塩大福

久《く》遠《おん》寺《じ》那《な》由《ゆ》多《た》
人間関係が苦手な大学生。
素直になれない性格。
ポン助《すけ》
カワウソの子どもでアヤカシ。
千葉県産のピーナッツが好き。
狭《はざ》間《ま》堂《どう》
華舞鬼町で雑貨屋兼町の総元締め。
迷い人を導く役目を担う。

人物紹介

百代《ひゃくだい》円《まどか》
華舞鬼町の新聞記者。
狭間堂に異様に執着している。
正体は目競。

ハナ
可憐な大正女子だが、
正体は東京交通局6000形電車
6087（都電）の付喪神。

イラスト／六七質

イラスト／六七質

第一話　那由多と旧き車両

青空の下、チン、チンとベルの音が響き、都電が通り過ぎて行く。たった一両の、バスほどの大きさをした緑色の車体だった。中にはお爺《じい》さんやお婆さんが乗っていて、都電はみんなの足になっているのだなと実感した。

「僕も、ちょくちょくお世話になってるしなぁ……」

僕の家の近くには、『庚申塚《こうしんづか》』という停留所がある。すぐそばに、巣鴨《すがも》の地蔵通り商店街があるものだから、よくお年寄りで賑《にぎ》わっていた。

停留所に直通の食事処もあって、僕は幼い頃によく連れて行って貰《もら》ったらしい。都電を見ながらご飯が食べたいと言って、祖父に。

「もう、記憶にないなぁ」

通行人のお婆さん達がやっているように、停留所とその奥にあるお店を、携帯端末で撮影する。

「ここ、良い絵になるよね」

「ええ、本当に。これで、都電も一緒に写せれば最高なんだけど」

そう答えてから、ハッと振り返る。声がした方向を見てみれば、見知った顔があった。

「狭間堂《はざまどう》さん！」

「やあ」

そこには、爽《さわ》やかな笑みを浮かべた、凜々《りり》しい顔立ちの青年が立っていた。すらりと背が高く、頼り甲斐《がい》がある雰囲気を醸し出している。だが、彼のトレードマークの一つとも言える羽織はなく、扇子も持っていない。

「あれ？　いつもと違いますね」

「うん。こっちの友人に会ってたんだよ。あの格好は目立つからね」

よく見れば、羽織の下にいつも着ている服を纏《まと》っていた。和の装いが無くなるだけで、こうも雰囲気が変わるとは。

「普通に、オシャレなお兄さんって感じ。狭間堂さん、センスがありますよね」

「う、うーん」と、何故か狭間堂さんは言い淀《よど》む。

「みっっちり叩《たた》き込まれたんだよね。コーデがどうのとか、ブランドがどうのとか」

「ブランド……」

「僕がお世話になったひとにね、銀座《ぎんざ》に連れて行かれたこともあってさ。でも結局、僕はブランドものよりも一点ものを選んでしまったなぁ」

狭間堂さんが着ている服は、華舞鬼町《かぶきちょう》に住んでいる職人が作ったものらしい。

「唯一無二の服かぁ。いいじゃないですか」

「そうだね。ブランドものは、その会社が威信を賭《か》けて作っているから、品質も相応で安心出来るんだけどね。でも、僕は作っているひとが見えるものがいいんだ」

狭間堂さんは微笑む。僕も思わず、微笑み返してしまった。

「ところで、その、手に持っているものは？」

狭間堂さんが提げている包みを見て、首を傾げる。すると、狭間堂さんは満面の笑みで答えた。

「塩大福だよ。さっき、地蔵通り商店街で買って来たのさ。お土産として持って帰ろうと思ってね。那由多《なゆた》君も来るかい？　それとも、地元の塩大福は、食べ飽きちゃったかな？」

「い、いいえ。その、お邪魔じゃなければ……」

「邪魔なわけがないさ」

狭間堂さんは即答だった。その答えを聞いた僕は、胸に安心感を覚えた。僕の居場所は、ちゃんとあるのだと。

「あ、そう言えば、狭間堂さんにこっちの知り合いがいるって、何だか意外でした」

「僕だって、浮世の生活をちゃんとしていたんだよ。友人くらいいるさ」

「ですよね。華舞鬼町にいる姿が、すごくしっくりしてるから……」

　元々は浮世にいて、ちゃんと大学も卒業しているなんて、あまり想像出来ない。身近で親しみやすい存在だけど、俗っぽさはあまりなかったから。

「狭間堂さんはいいなぁ。何処にも居場所があって」

　思わず呟《つぶや》いてしまってから、はっと口を噤《つぐ》んだ。だが、もう遅い。狭間堂さんが、キョトンとした顔でこちらを見ている。

「す、すいません。変なことを言っちゃって」

「いいんだよ」

　狭間堂さんは、包み込むように言った。

「ゆっくりでいいんだよ。まずは手の届く範囲で、次に、足が動く範囲で、じっくりと居場所を探せば」

「じっくりと……」

「そう。居場所なんて、すぐに見つかるものじゃない。まあ、運よく見つけられる人もいるし、妥協する人もいる。中には、居場所を作ってしまう人もいるね」

「居場所を作れるだけのパワーはないかな……」

「だから、ゆっくりでいいんだよ。焦ると、居心地が良さそうな場所も見逃してしまうからね。そんなの、勿体《もったい》無いだろう？」

「はい……」

狭間堂さんの言葉に、小さく頷《うなず》く。

「尤《もっと》も、うちはいつでも歓迎してるけどね。『雑貨屋狭間堂』はみんなの場所。誰もがいられる場所を目指しているんだ」

「それは、すごくよく分かります」

今度は大きく頷く。

実際、狭間堂さんのお店は居心地が良かった。だから、ハナさんもポン助《すけ》も、あの得体の知れない円《まどか》さんもやって来る。

「だけど、それは狭間堂さんが頑張って、みんなに合わせてくれてるから……。そうじゃなくて、僕は僕なりに探さないと、って思うんです」

自分で努力をして一歩を踏み出さないと、ずっと変われない気がする。いつまでも臆病《おくびょう》なままというのは、嫌だった。

「そっか。那由多君は偉いね」

「取り敢えず、少しでも人並みに近づけたらな、なんて」

苦笑する僕に、狭間堂さんは眉尻《まゆじり》を下げて笑う。

「自分を卑下しないで。那由多君はまず、自分を褒めてあげるところから始めないとね。鞭《むち》を喰《く》らわせることが悪いとは言わないけど、偶《たま》には飴《あめ》もね。自分に優しく、っていうのがしばらくの課題かな」

「肝に銘じます……」

僕の返答に、狭間堂さんは満足そうに頷いた。

そんな僕達の前を、また、都電が横切っていく。停留所からは、都電から降りた人達が雪崩れるようにやって来た。

「おっと、早く帰らないと。ハナさんに店を任せっぱなしだしね」

狭間堂さんは、慌てて境界を探す。そこから、華舞鬼町に戻るつもりらしい。

僕もそれに従いつつ、ふと、思い至った疑問を投げる。

「ハナさんって、狭間堂さんと暮らしてるんですか？」

「ううん。ハナさんはうちに通ってくれているんだ」

狭間堂さんはそう答えながら、停留所のすぐ近くにある庚申塚に目を留めた。

『猿田彦大神《さるたひこのおおかみ》』と書かれた提灯《ちょうちん》がずらりと並んだ門の向こうには、小ぢんまりとした境内がある。その奥には、ひっそりとお社があった。停留所から流れた人達の何人かは、そちらへと向かう。

「――そうか。道祖神が祀《まつ》られているということは、この場所自体が昔から境界だったんだ」

「えっ、そうなんです？」

「うん。猿田彦大神は道祖神と同一視されているんだけど、その道祖神っていうのは、道案内の神様なんだよ」

昔は、この場所は中山道《なかせんどう》と王子道《おうじみち》が交わる場所として賑《にぎ》わっていたのだという。王子と言えばお花見の名所だ。今年は桜が咲いている姿を見逃してしまったけれど。

「那由多君」

狭間堂さんは手を差し出す。僕は促されるままに、その手を取った。

「行くよ。いっせーの」

道往く人達がこちらを見ていないのを確認すると、狭間堂さんは「せっ!」と都電の踏切内に足を踏み込んだ。

途端に、空気が変わる。ほのかな水の気配と共に、広い空が僕らを迎えた。

左右には、門のようにガス灯が点っている。遠くには十二階が見えた。

境界の街、華舞鬼町に着いたらしい。

「あの場所ならば、行こうと思えば何処からでも行けるみたいだね。ただ、誰かに見られるとビックリされちゃうけど」

「目の前で人が消えるなんて、まず、目を疑っちゃいますよね」

「いっそのこと、幻覚だと思われてしまえばいいんだけどね」と狭間堂さんは冗談っぽく笑った。

僕達は肩を並べ、狭間堂さんのお店に向かう。入り口からならば、すぐの道のりだ。

「さっきの話だけど」

「あ、はい。ハナさんの話でしたっけ」

「そう」と狭間堂さんは頷く。

「ハナさんは、十二階の近くにある住まいから通っているんだ」

「あっ、ちゃんと家があるんですね」

「うん。ハナさん的には、車庫が良かったらしいんだけどね……」

狭間堂さんの苦笑に、僕もまた曖昧《あいまい》な笑みを浮かべる。

ハナさんは可憐《かれん》な乙女だけど、正体は都電だ。車種は、都電の全盛期に活躍した六〇〇〇形だが、今はもう、廃番になっている。

「じゃあ、雑貨屋は――」

「僕の一人暮らしだよ。一応ね」

「一応って？」

「みんなが遊びに来てくれるから、一人で暮らしてるっていう感じはしないかな」

そう言った狭間堂さんは、嬉《うれ》しそうでいて、何処となく照れくさそうだった。

ああ、この人は、ひとと話すのが本当に好きなんだ。だから、あんなに居心地のいい場所を作れて、みんなが寄って来るんだ。

そしてその中に、僕も入っている。

(爪の垢《あか》でも煎《せん》じて飲んだ方がいいかな)

未《いま》だに大学に馴染《なじ》めないでいる僕は、割と本気でそう思いながら、狭間堂さんの指先を見つめる。

そうしているうちに、雑貨屋の前に辿《たど》り着いた。

「ただいま、ハナさん」

狭間堂さんが扉を開くと、明るい店内から賑やかな声が聞こえた。どうやら、お客さんが来ているらしい。

「まあ、お帰りなさいましっ！　それに、那由多さんもいらっしゃいませ！」

黄色い着物の美少女——ハナさんは、ぱっと笑顔を咲かせて、小走りでやって来た。

相変わらず可愛い。都電だなんて思えないほどだ。

「ハナさん、塩大福を買って来たよ。みんなで分けてくれないかな」

「まあまあ！　お土産を有り難う御座います！　お友達はどうでした？」

ハナさんは包みを受け取りながら、母親みたいに尋ねる。

「相変わらず、元気だったよ。学校の先生だから、毎日が大変そうだけど」

「先生だなんて、楽しそうですわね。私も、子供達と一緒に駆け回りたいですわ！」

「ハナさんの場合、一緒にと言うよりも、子供達を乗せる方だよね」

狭間堂さんはそう言いながら、僕にスリッパを勧めてくれた。「お邪魔します」と靴を脱ぎ、スリッパに履き替える。

奥の座敷からは、イタチや狐の顔をしたアヤカシが、「お邪魔してまーす」と声をかける。狭間堂さんは、「ゆっくりしていって」と微笑み返した。

「塩大福、足りるかな」

狭間堂さんは人数を数え始める。

「あっ、僕はいいですよ。その、近所で売ってるし」

思わずそう言う僕だったが、首を横に振ったのはハナさんだった。

「心配ご無用ですわ。私は器物のアヤカシ。物を食べなくても平気ですの」

ハナさんは何故か胸を張ってみせる。確かに、都電に必要なのは、塩大福ではなくて電気だ。口ではなく、パンタグラフから電力を補給しなくてはいけない。

でも、ハナさんは人の姿になれるアヤカシだし、物も食べられるはずだ。美味《おい》しさだって感じるはずだ。平然としているけれど、きっと、塩大福を食べたいのを我慢しているに違いない。

「で、でも——」

口を開きかけた僕の脛《すね》に、ぬるりとした感触が過ぎる。「ひえっ」と思わず叫んでしまった。

「おいおい。情けない声を出してるんじゃねーよ」

足元から声がする。見下ろしてみると、つぶらな瞳《ひとみ》のカワウソがこちらをじっと見つめていた。

「ポン助！」

「よっ。美味しそうな匂いにつられて来てやったぜ」

ポン助は器用に前脚を上げる。

ややこしいことになって来た。これでは、僕が遠慮しても計算が合わないのではないだろうか。

内心で頭を抱える僕の横で、狭間堂さんはぽんと手を叩《たた》く。

「よし、これで丁度良くなった」と、人差し指を立てる。

「へ？」

「塩大福は、半分にして分けようか」

狭間堂さんはそう言うと、指をもう一本立てたのであった。

ハナさんが淹《い》れてくれた濃いお茶を飲みながら、近所の塩大福を頬張る。綺麗《きれい》に半分にされた大福の断面からは、餡《あん》が溢《あふ》れ出していた。

「ふむふむ、おいひいおいひい」

「ポン助君、感想を言うのは飲み込んでからでいいんだよ」

塩大福を口いっぱいに頬張ったポン助は、感想を言う度に粉を噴き出していた。狭間堂さんは、傍らにあったおしぼりでそれを丁寧に拭《ふ》き取る。

「へへへ。美味しくて、つい」

ポン助は、髭《ひげ》についた粉を、前脚でぐいぐいと拭《ぬぐ》った。

「巣鴨の地蔵通り商店街で売ってるからね。今度、ご両親と一緒に買いに行くと良いんじゃないかな」

狭間堂さんは、そう言い残して二階に引っ込んだかと思うと、羽織を引っかけて降りて来た。やはり、この店の二階が住まいなのか。

「那由多君は食べないのかい？」

ぼんやりと狭間堂さんを眺めていたら、不意に目があった。「い、頂きます！」と慌てて自分の分の塩大福を引っ摑《つか》む。

ぱくりと一口頬張ると、上品な甘さが広がった。薄い皮をもちもちと伸ばしつつ、みっちりと詰まった餡を嚙《か》み砕く。

「ん、おいひい」

「はは。那由多君も思わず太鼓判を押したくなるようだね」

笑う狭間堂さんを前に、僕は慌てて、自分が飛ばしてしまった粉を拭き取った。塩大福をよく咀嚼《そしやく》して、お茶とともに喉《のど》に流し込んだところで、再び口を開く。

「食べたのが久しぶりで、つい」

「へぇ。家が近いから、よく食べてるのかと思った」と僕は苦笑する。

「家が近いと、意外と食べないものですよ」と僕は苦笑する。


「勿体《もつたい》無いね。巣鴨は美味しいものが多いのに。あの商店街の入り口近くにあるお煎《せん》餅《べい》屋さんも好きでね。たまーに、お煎餅の詰め放題をやるの、知ってた？」

「えっ、そうなんですね。あの店は姉が贔屓《ひいき》にしてるんで、教えておきます」

「そうするといい」と狭間堂さんも塩大福を食《は》む。お茶を飲んで一息吐く姿は、若者というよりも年寄りみたいな落ち着きっぷりだ。

「巣鴨と言えば、今も私の後輩が走っているところですわね」

ハナさんは、狭間堂さんの隣にちょこんと座りながらそう言った。

「後輩……。あ、うん。庚申塚前を走ってる都電なら、さっき会って来ましたよ」

「庚申塚は昔から賑《にぎ》わっておりましたよね。私も、あの辺りを通るのが楽しみの一つでしたわ。また、皆さんを乗せて走りたいものです」

お客さんを乗せている自分を思い描いているのか、ハナさんはうっとりとしていた。

「ハナさんは、電車の姿になれねーの？」

ポン助はつぶらな瞳をハナさんに向ける。「なれることはなれるのですが」とハナさんは言い淀《よど》んだ。

「人を乗せられるほど姿が安定しないのさ」

　ハナさんの代わりに、狭間堂さんが答える。

「短距離で短時間、少人数ならば運べるかもしれないけどね。でも、みんなを乗せて街中を走るのにはまだ早いかな」

「まだ早いってことは……」と僕とポン助は声を揃える。

「ハナさんがアヤカシとしてもっと経験を積めば、いずれはみんなを乗せられるようになると思うよ」

　狭間堂さんの横で、ハナさんも深く頷《うなず》いた。

「そうなのです。なので、今は経験を積むのみですわ。いずれ、百人乗せられるように！」

「百人乗せられるようになったら、都電の域を超えちゃう気がするんですけど……」

　意気込むハナさんに、思わずツッコミを入れる。一両ぽっきりの都電に百人も乗ったら、溢れてしまう。それとも、どこぞの国の電車みたいに、屋根にまで人を乗せる気なんだろうか。

「その一環として、このハナ、狭間堂さんに大工道具をお借りしたい所存で御座いますわ！」

唐突な申し出に、狭間堂さんは目をぱちくりさせる。

「ええ。お店のお掃除をしている時、釘《くぎ》が飛び出ている場所を何ヵ所か見つけましたの。危ないので、引っ込めておきたいのですわ」

「嗚呼《ああ》、成程。それならば僕がやるよ。うちに大工道具は無いから、買って来なくちゃいけないし」

狭間堂さん曰《いわ》く、大工道具が必要な時は、ご近所から借りていたらしい。そのため、道具を買う機会を逃していたそうだ。人望があり、且つ、マイペースな狭間堂さんらしい。

「では、このハナが大工道具を買って来てから大工仕事をさせて頂きますわ」

ハナさんは腕まくりまで始める。心なしか、目も輝いていた。

「いや、ハナさんにそこまでやらせるわけには……」

「いいえ！　狭間堂さんは、まだ器物のアヤカシのことをご理解されていないようですわね。私達は働くことが生き甲斐《がい》なのですわっ！」

「そ、それは分かってるけど……」

ハナさんの気迫に押され、狭間堂さんはたじたじだ。

狭間堂さんの気持ちも分かる。正体が都電とは言え、ハナさんは見た目が可憐《かれん》な女の子だ。世話を焼かれるというよりも、世話を焼きたい。

だけど、結局、狭間堂さんの方が折れた。

「まあ、ハナさんがそう言ってくれるなら、お言葉に甘えるよ。ただ、我儘《わがまま》を言っていいかな」

「何なりと」とハナさんは胸を張る。肝っ玉が据わったお母さんみたいだ。

「こんなお願いごとをするのも恐縮だけど、これのポイントを貯めて欲しいんだ」

狭間堂さんは袂《たもと》を探ったかと思うと、遠慮がちにカードを差し出す。それは、僕にも見覚えがある東急《とうきゅう》ハンズのポイントカードだった。


新宿《しんじゅく》か池袋《いけぶくろ》か渋谷《しぶや》か。一先《ひとま》ずは、大きな店舗があるその三つが候補に挙がったが、ハナさんはまさかの渋谷を選んだ。

「カブキチョウだし、新宿かと思ったのに……」

渋谷のスクランブル交差点では、若者達がごった返していた。

何処を見ても、オシャレをしているか制服を着ているかという若者だらけで、僕は思わず、鞄《かばん》の上から祖父のカメラにそっと触れた。まるで、居場所を求めてすがりつくように。

「あらあら。すっかり、この辺りも変わってしまいましたわね」

隣には、袴姿《はかますがた》のハナさんがいる。渋谷の街で、大正女子は大変目立っていた。すれ違う人誰もが、ハナさんのことを二度見していた。女子高校生のグループなんて、「なにあれ」「超かわいいー」と声をあげて盛り上がっている。

「おおむね好評のようでいいんだけどさ……」

とは言え、悪い人間にかどわかされては大変だ。僕がついて来て正解だった。本当は狭間堂さんがついて来たがっていたんだけど、それではお店を見る人がいなくなってしまうということで、僕が代理を務めることにした。狭間堂さんと比べるのもおこがましいくらいに頼りないボディーガードだけど。

そして、ボディーガードは僕だけではない。

「うひょー。これが噂の渋谷かぁ」

ハナさんを挟んで僕と反対側に、小学生くらいの少年が立っていた。物珍しそうに、ビルの群れとスクランブル交差点を眺めている。

「ハチ公っていう犬は何処にいるんだ？」

「ポン助さん。ハチ公さんの銅像はあちらですわ」

ハナさんは、小学生男子に向かってそう言った。

「あっちって、人混みだし」

「ハチ公は人気だからね。人に埋もれちゃうんだよ」と僕が答える。

目がくりくりとしたその少年こそ、ポン助だった。その証拠に、ちょっとやんちゃそうで生意気そうな表情をしている。

「まさか、ポン助が化けられるとは思わなかったよ」

「おれは生粋のアヤカシだぜ。人間にくらいなれらぁ」

ポン助はえっへんと胸を張る。その拍子に、ちょろっとお尻《しり》からはみ出したものがあった。

「ポン助。尻尾《しっぽ》出てる」

「ぎゃっ」と短い悲鳴をあげ、ポン助ははみ出したカワウソの尻尾を押し込めた。

カワウソの姿だと目立つし、鞄に入るのも嫌がったので、人間の姿でやって来たのだが……。

「人間に化けられるけど、あんまり上手くないのか……」

「うるせー。修行中なんだよ、修行中」

ポン助は涙目でそう言った。

これでは先が思いやられるけど、ここは東京だ。奇抜なファッションの人は沢山いるし、尻尾がはみ出たくらいではアクセサリーだと思われるだろう。

都会の人間は、良く言えば寛容。悪く言えば無関心だから。

（そういう意味では、僕も過ごし易いんだけど）

都会は人が多いから、色んな人がいる。だから、多少異なるものにいちいち目を留めていたら、キリがない。

だけど、田舎は違う。人が少ないから、奇異なものには敏感だ。受け入れられればいいが、そうでなければ排除されてしまう。

「那由多さん？」

ハナさんの声に、ハッとした。いつの間にか、ハナさんが顔を覗《のぞ》き込んでいた。

「あ、ごめんなさい。えっと、ハンズに行くんですよね」

「ええ、そうですけど、具合が悪かったら言って下さいね」

ハナさんは心配そうだ。ポン助まで、眉尻《まゆじり》を下げてこちらを見つめている。

「だ、大丈夫です。心配いらないですから」

勢いよく首を振る僕に、「そうですの？」とハナさんは首を傾げたままだ。

「無理すんなよ。腹が痛かったら、茂みを見つけてやるからよ」とポン助が背伸びをして背中をさすってくれる。

「茂みじゃなくてトイレを見つけてね!?」

この都会の真ん中に茂みなんて見つかるわけが無いし、野外でどうにかするのは絶対に許されない。ここは、現代に生きる文明人として、正しい行動をとりたかった。

「でも、本当に、体調が悪かったらおっしゃって下さいな。那由多さんが休めるよう、このハナ、那由多さんをおんぶしますわ！」

「大丈夫です！　心配いらないですから！」

可憐な乙女におんぶをされる大学生なんて、それこそ悪目立ちをしてしまう。僕は首が飛んで行かんばかりに振りながら、全力でお断りしたのであった。

その後、紆余曲折《うよきょくせつ》あったが、無事に日曜大工道具を買い、僕達は帰路に着く。

渋谷のハンズは、やはり大きい。螺旋《らせん》のように配置されたフロアに、無駄なく商品が陳列され、どこもかしこも見応《みごた》えがあった。

「すごかったなー。あそこに棲《す》んだら、めちゃめちゃ快適そう」

ポン助はのんびりと歩きながらそう言った。

「確かに。生活するのに一通りのものが揃ってるって感じ。僕としても、ずっと家にいられるからいいなぁ」と僕もぼやく。

「でも、客がいっぱい来るぜ？」

「う～ん。それなら倉庫に住みたいかな……」

ポン助の言葉に、僕は頭を抱えた。

「あの場所は、いろいろなものが沢山あるので、お掃除もやり甲斐がありますわね！」

ハナさんだけは勤勉なコメントだった。僕達はハナさんの爪の垢《あか》を煎《せん》じて飲んだ方が良さそうだ。爪の垢なんて、多分出ないんだろうけど。

「それにしても、思ったより駅から距離があったな。わざわざ駅前から行かなくても、近くの境界から出れば良かったんじゃあ……」

僕はそう言いながら、反対側から来た人とすれ違う。渋谷の街は道幅が広いけれど、その分、人間もやたらと多い。特に、カップルやらグループやらが目立つので、道を譲ることも何度かあった。

「申し訳御座いません。私、軌道以外の場所も歩きたくて、つい……」

ハナさんはうつむきがちにそう言った。

「あっ、その、悪いっていうわけじゃなくて……」

僕はとっさにフォローする。

そうか、ハナさんは都電でいた頃、決められた場所を走っていたのだ。車と一緒に道路を走るとはいえ、路面電車の都電が走れるのは軌道の上だけだ。そんなハナさんにとって、二本足で何処へでも行けるというのは、新鮮だろう。

「ん、あれ？　そう言えば、ハナさんは渋谷にも来てたんですか？」

「そうですわ。都電――東京都電車は、東京都心を隅々まで繋《つな》いでいたのです。昔の渋谷は、今も昨日のように思い出せますわ。あの頃はこんなに若者だらけではなく、お仕事帰りのお父さまがたで溢《あふ》れ返っておりましたの」

ハナさんは、しみじみとそう言う。

「飲み屋街って感じだったのかな」

僕の問いに、「そうですわね」とハナさんは頷《うなず》いた。

都電は昔、渋谷も新宿も、池袋の駅前も走っていたのだという。車社会になる前なので、それこそ、バスや自家用車の役割をしていたんだろう。

「排気ガスを出すわけでもないしエコなので、最近は、都電も見直されているようなんですけど……」

ハナさんは少しだけ遠い目で言った。

「そうなんですね。僕は都電が好きだから、荒川線《あらかわ》以外の路線も復活して欲しいなぁ」

「本当ですか⁉」

ハナさんは目を輝かせる。

僕は「は、はい」と頷きつつ、つい、目をそらした。やっぱり、目が合うのは気恥ずかしい。

「だって、情緒があるじゃないですか。偶《たま》に、専用軌道沿いに花を植えているところもあるし。そういう自然物と一緒に写真を撮ると、すごく映えると思って」

そう言えば、庚申塚から専用軌道が延びる飛鳥山《あすかやま》も、桜が美しい場所だ。花見の時季になれば、満開の桜を背景に都電の写真が撮れる。

「路面電車って言うと、長崎《ながさき》が有名ですよね。あとは江ノ電《えでん》かな。その辺の話題を聞く度に、東京の路面電車も負けちゃいないぞって思うんです」

「那由多さん……」

「まあ、そうは言っても、他の地方にも路面電車は残って――」

ハナさんの方を振り向こうとした瞬間、その言葉は途切れた。何故なら、ハナさんが飛びついて来たからである。

「うわっ、ハナさん⁉」

「ハナは感激しましたわっ！　そこまで、都電のことを想って下さる方がいらっしゃるなんて！」

「ぼ、僕よりも都電のことが大好きな人はいっぱいいると思いますけどっ……！」

それこそ、立派な一眼レフを構えて都電を撮る人達の方が、都電に対する熱意が半端ないことだろう。だけど、ハナさんは僕をぎゅっと抱きしめながら、首を横に振った。

「気持ちの大きさは関係ありませんわ。ハナは嬉《うれ》しいのです！」

「そ、それは良かったんですけど、その、ここは街中……！」

慌てふためきながら辺りを見回すが、美少女が抱き付いて来るというシチュエーションを気にしている人間はいない。

流石は渋谷。そんなことは日常茶飯事か。ポン助だけが、「ちょ、ずるいぞ、那由多！」と周りでぴょんぴょんと跳ねている。

「ずるいも何も……」

ハナさんも大袈裟《おおげさ》だな、と思うものの、よく考えてみれば、家族が褒められたも同然だった。そうなると、ハナさんが感激するのも無理はないかもしれない。

可愛い女の子に抱き付かれるのは照れくさかったけど、ハナさんの気が済むようにさせよう。

そう思ったのも束の間で、何やら、背骨がミシミシと悲鳴をあげ始めた。

「ま、待って、ハナさん。力が、力が入り過ぎ……！」

すっかり忘れていた。見た目は華奢《きゃしゃ》な乙女でも、ハナさんは馬力の持ち主だ。女の子が抱き付いて来るというシチュエーションも、ハナさんが相手ではベアハッグだ。

「は、ハナさん、ギブギブ……」

「はっ、私としたことが！　申し訳御座いません、はしたない真似を……」

ハナさんはとっさに飛び退き、しおらしく頭を下げた。僕は「気にしないで」と言おうとしたけど、二、三度咳《せ》き込んで声にならなかった。

「ちぇー。地味な顔のくせに、オイシイ目にあって羨《うらや》ましいぜ」と口を尖《とが》らせるポン助には、同じことをされてみろと言いたくなってしまう。というか、小学生男子の外見でそんなことを言われると、ますますマセた少年に見える。

思わず、ポン助の額をぺちんと叩《たた》く。ポン助は「いてっ」と言って口を噤《つぐ》んだ。

「そうですわ、那由多さん。一つだけ、申し上げておかなくてはなりません」

ハナさんはしゃっきりと背筋を伸ばし、母親みたいな威厳を込めてこう言った。

「えっ、何ですか？」

「東京の路面電車は、都電だけではありませんのよ」

「へ？」

目を瞬かせる僕とポン助に、ハナさんは得意げな顔をする。

「ポン助さんも那由多さんも、山の手っ子だからご存じないのは仕方がありません」

「山の手にいた時間は少ないですけど」と僕。

「祖父《じい》ちゃんは江戸《えど》っ子だけど、おれは華舞鬼町っ子だからなぁ」とポン助。

それにも構わず、ハナさんは続けた。

「東京には、他にも路面電車があるのです。渋谷よりも西に延びるその路線は――」

ハナさんが得意げに話していると、スクランブル交差点に差し掛かった。信号が青になった所為《せい》で、大勢の人が押し寄せる。こちらから駅に向かう人と、駅からこちらに向かう人が交わり、人ごみに押し戻されそうになる。

「きゃっ。那由多さん、ポン助さん、大丈夫ですか!?」

「ふ、ふたりとも、僕に摑《つか》まって！」

一応、一番背の高い僕が、ふたりの手をしっかりと摑む。ハナさんは華奢で、ポン助は小さくて柔らかい。こんな時に狭間堂さんがいれば、目立つし力強いしで頼もしいんだろうけどと思いつつ、何とか横断歩道を渡り切った。

「うう、おっさんにもみくちゃにされた……」

ビジネスマンの一群に巻き込まれたらしく、ポン助はさめざめと泣くふりをしていた。そんなポン助を、ハナさんがよしよしと撫《な》でて慰める。

「買い物もしたし、早く華舞鬼町に戻ろう」

僕は大工道具が入った袋を片手に、境界を探す。何処も人でごった返していて、辺りを見渡すのも一苦労だ。

「もう少し、人気のないところに参りましょうか」

「そうですね。ここだとちょっと……」

華舞鬼町に戻るには、少しだけコツがいる。ちゃんと町に戻るイメージが思い描けなければ、入り口に着かないのだ。人が多いと、その雑念が妨げになる。

はぐれないようにしながら、渋谷駅の周りを歩く。そうしているうちに、辛うじて人気の少ないところを見つけられた。

「あら？」

そこで、ハナさんが立ち止まる。

駅舎の近くに、ぽっかりと人通りのない場所がある。そこだけ、取り残されたみたいに。

そんな中、一人の紳士が佇《たたず》んでいた。レトロなジャケットをまとい、杖《つえ》なんかを携えている。華舞鬼町の住民みたいに、昔の風景から抜け出したような人物だった。

だが、道往く人は皆、振り返ろうとはしない。特に気に留めないというわけではなく、全く見えていないかのように、一瞥《いちべつ》もしなかった。

その様子が、逆に僕らの目をひいた。仮にハナさんが気付かなくても、僕やポン助も気付けただろう。

「あ、あの……」

気付いた時には、声をかけていた。コミュニケーションが苦手なくせして、この、見知らぬ紳士に。

僕の声に振り向く。白っぽい髭《ひげ》を蓄えた、初老の紳士だった。穏やかで優しげな瞳《ひとみ》だったので、いつもの癖で目をそらしそうになるのを、何とか堪えることが出来た。

「どうかしたんですか？」

単に待ち合わせの可能性もあった。駅前ではよく見る光景だ。

だけど、僕には何かあったかのように見えた。多分、ハナさんもそう思ったから、声をあげてしまったのだろう。

ハナさんもまた、老紳士に向かって質問を投げる。

「何処かに向かわれようとしたのですか？」

「何処かに……」

老紳士は渋谷の街を見つめる。ビルと広告と人ばかりの街を。

「行こうと思ったのかもしれないし、そうでないのかもしれない」

老紳士は、皺《しわ》の刻まれた瞼《まぶた》を閉じる。

「私を気に掛けてくれて嬉しいんだがね、申し訳ないことに、私は何処から来て、何処へ行こうとしているのか、分からないのだよ」

老紳士の言葉は、焦りも絶望も感じられず、ただ、静かだった。

浮世離れしている、と僕は思った。紳士は人間なんだろうか。それとも――。

「人間のにおいがしねぇな」

ポン助は鼻をひくひくと動かしながら、老紳士の周りをぐるぐると歩く。

「でも、何のにおいかはよく分かんないっていうか、街のにおいが強過ぎるっていうか……」

「やっぱり、アヤカシなのかな」

僕は、ポン助と老紳士を交互に見やる。

老紳士は、深い皺を刻みながら静かに微笑んだ。

「私はもう、浮世の者ではないのだろう。その証拠に、ほら。誰も私に気付かない」

確かに、通りを歩いている人達は老紳士の方を見向きもしない。他者にあまり干渉しない都会の人間とは言え、身なりのいい上品な紳士がわけあり顔で佇んでいれば、視線の一つくらいはくれるものだろうが。

「その……、自分が何者だったのか、覚えてないのですか？」

ハナさんは心配そうに問う。老紳士は、首を横に振った。

「記憶に残っていた者の姿を借りて、この姿になっているのだろうということは分かるのだがね」

つまり、化けられるアヤカシということか。そうなると、ポン助みたいな獣のアヤカシの可能性もあるけれど、ハナさんだって人間の姿になれる。

「どうしよう……」

僕は思わず呟《つぶや》いてしまった。ポン助も腕を組んで考えているが、すっかりお手上げなのか、尻尾《しっぽ》がちょろりとはみ出している。

「私のことは構わなくてもいいんだよ」

老紳士はそう言った。

穏やかだが、寂しげな瞳で雑踏を見つめる。

「もう、自分のことが分からないからね。いずれ、この街の中にひっそりと消えるだろう」

「ダメです！」

声をあげたのは、ハナさんだった。僕らは揃って、目を丸くする。通行人も、ビックリしたようにこちらを見ていた。

「あっ、申し訳御座いません……」

ハナさんは律儀に、僕らと通行人に頭を下げてから続けた。

「でも、このまま消えてしまっては勿体《もったい》無いです！」

「勿体無い？」

老紳士は不思議そうに見つめ返す。

「あなたが物であろうと獣であろうと、その他の何かであろうと、存在していれば存在しただけ、嬉《うれ》しいことや楽しいことが待っているはず。それを、諦《あきら》めるなんて勿体無いですわ！　勿体無いおばけが出ますわっ！」

ハナさんは両手を前に出して、おばけのポーズをする。その仕草は可愛いらしいけれど、目はこの上なく真剣だった。

しばらくの間、老紳士はハナさんのことを見つめていた。驚いたような顔をしていたが、やがて、ふわりと微笑む。

「有り難う、お嬢さん。でも、その気持ちだけで充分だよ。私には本当に、覚えていることがないんだ」

老紳士は白い手袋を外すと、ハナさんの頭をそっと撫でる。ハナさんは、まるで自分の身内が哀しい目に遭っているかのような、泣きそうな顔をしていた。

ポン助は尻尾を垂らしてそれを見ていたが、「あっ」と声をあげて尻尾を立てる。

「狭間堂さんだ！　那由多、狭間堂さんに聞くんだ！」

「あ、そうか」

困った時の狭間堂さんだ。僕には何も出来ないことが悔しいけれど、変な意地を張っている場合ではない。

携帯端末で、狭間堂さんのお店の固定電話にコールする。三コールもしないうちに、狭間堂さんが出てくれた。

『もしもし？』

「狭間堂さん。僕です、僕！」

『この電話番号は、現在使われておりません』

「那由多です！　オレオレ詐欺じゃないですから！」

『冗談だよ。で、どうしたんだい？』

狭間堂さんの、包み込むような声に安心する。思わぬ茶目っ気にヒヤッとしたけれど、なかなかに話が早そうだ。

　僕は、狭間堂さんにかいつまんで話す。すると、狭間堂さんは『うん、うん』と丁寧に相槌《あいづち》を打ちながら聞いてくれた。

「というわけで、そのアヤカシっぽいお爺《じい》さんを助けたいんですけど……」

『僕が現場に出向いてもいいんだけど、今はお客さんが来ていてね。それに、そっちには君がいるから任せられるね』

「え、ええ。僕がいるし――って、僕⁉」

　思わず目を剝《む》いてしまう。『そう、那由多君』と狭間堂さんは言った。

「ぼ、僕が、何の役に……！」

『そのお爺さんの正体を、写してあげるんだよ』

　なるほど。祖父のカメラを使えばいいのか。

　祖父の遺《のこ》したインスタントカメラには、不思議な力がある。なんと、今は無き過去の風景が写せてしまうのだ。そのためには、様々な条件が必要なんだけど、ポン助のお祖父《じい》さんや、浅草《あさくさ》の凌雲閣《りょううんかく》を写すことが出来た。

『でも、それには、お爺さんの所縁《ゆかり》の場所で撮った方がいいかもしれないね。那由多君のカメラは、縁を辿《たど》るもののようだから』

「所縁の場所って言っても……」

僕は老紳士の方を見やる。老紳士は、穏やかな瞳《ひとみ》で見つめ返してくるだけだった。

「ここにいたということは、ここなのかなぁ……」

『そう思うなら、写してみればいいと思うよ。何事も行動しなくちゃ。得られた結果を、次に活《い》かせるからね』

「分かりました」

行き詰まったらまた電話すると言って、僕は狭間堂さんとの通話を終わらせる。

「あの、写真を撮りたいんですけど……、いいですか?」

僕は老紳士に問う。老紳士は、「ああ、構わないよ」とあっさりと許可してくれた。

「理由は聞かないんですか?」

「君のような真っ直ぐな目の青年が、おかしなことをするとは思えないからね」

面と向かってそんなことを言われて、照れくささを通り越して、恐縮してしまう。人のことをまともに見られないのに、真っ直ぐな目だなんて。

「それに、写真を撮られるのは慣れているんだ」

「え?」

「多分ね。そんな気がする」

カメラを構えるのを忘れてぽかんとしている僕に、ポン助が背伸びをして耳打ちをする。

「実は有名人なんじゃないか？」

「で、でも、人間じゃないんだろ？」

「あ、そうだった」とポン助は自分で言ったことを思い出す。

僕は一歩下がり、老紳士の姿をインスタントカメラのファインダーに収めた。ハナさんとポン助も、並んでその様子を見守る。ハナさんは心配そうだ。

「はい、撮りますよ」

シャッターを切る音が響く。

通行人は不思議そうな顔をしていた。彼らには老紳士が見えていないようだから、僕が壁に向かって声をかけていたと思っているんだろう。

インスタントカメラから吐き出された写真を受け取ると、一同で現像を待つ。

像は少しずつ明らかになるが、大まかな風景が見えるようになったところで、僕達は落胆の溜息《ためいき》を吐いた。

「そう、上手《うま》く行かないかぁ……」

写真には、今の風景が写っていた。そこには、老紳士すら写っていなかった。幽体となったお婆さんならば、心霊写真として写ったのに。

「あんまり、時間がないのかな」

写真に写らないほど、存在が希薄になっているのかもしれない。

「そうかもしれませんわね……」

ハナさんは顔を曇らせていた。

いつも明るいハナさんに、そんな顔をして欲しくない。だから、何としてでも老紳士の正体を当てなくては。

そう決意する僕の前で、老紳士は一人頷《うなず》いた。

「随分と、懐かしいカメラだね？」

「祖父のものなんです。えっと、見覚えがありますか？」

「嗚呼《ああ》、ある気がする。それにね、少しだけ思い出したんだ」

老紳士の言葉に、僕もポン助も、そして、ハナさんもずいっと距離を詰める。囲まれた老紳士は、少しだけ焦りながら、こう答えた。

「私の知っているこの街は、今とずいぶん違うね。ビルがせめぎ合っているとは言え、今は空がシンプルだ」

「シンプル？」

僕とポン助は、高層ビルの姿が大半を占めている空を見上げる。だけど、老紳士は「そう」と頷いた。

「昔はこの空を、ロープウェイが走っていたんだよ」

「ろ、ロープウェイ!?」

僕とポン助の声が裏返る。ロープウェイなんて、登山の時に使うものしか見たことがない。

「昔は渋谷も山だった……？」

首を傾げる僕に、「いいえ」と答えたのはハナさんだった。

「東横《とうよこ》百貨店と東急東横店西館を繋《つな》いでいたのですわ。お子さんしか乗れないような、とても小さなゴンドラですけど」

「ビルの間を渡してたんだ……!?」

今では想像出来ない。渋谷の空に、小さいとは言え、ゴンドラが浮かんでいた時代があったなんて。

「ハナさんが知ってるってことは、昭和の頃かな」

「ええ。ゴンドラがあったのは、昭和二十六年から二十八年の間だったような……」

ハナさんは、細い指先を必死に折りながら数える。老紳士も、その頃は健在だったということか。

「それを眺めながら、玉電《たまでん》ビルに乗り入れてね。大勢の人が私を待っていたんだ」

「玉電ビルって……」と僕は問う。

「東急東横店西館のことですわ」とハナさんが、東急東横店の高いビルを眺めながら言った。

「玉電って、都電みたいな響きだよな。もしかして、昔、渋谷に走ってた電車とかなのか？」

首を傾げるポン助に、「そうですわ……」とハナさんが神妙に頷く。ハナさんから笑顔が消えていた。必死になって、記憶の糸を手繰り寄せているようだ。

「でも、東京都電車のように、一部を除いて廃止されてしまったのです。二子《ふたこ》玉川《たまがわ》と、渋谷を結んでいた方なのですが……」

「もしかして、その玉電に関わっていたひとなんじゃあ……」

老紳士の方を見やるが、彼の顔からもまた、笑みが消えていた。必死に何かを思い出そうとしているようで、苦しそうにも見えた。

「玉電に関する場所に行ってみようぜ！　何処かに痕跡《こんせき》はないのか⁉」とポン助は目を輝かせる。だけど、ハナさんは首を横に振った。

「申し訳御座いません。私は、駅舎の中はそれほど詳しくないのです。今も昔も。乗り入れも、しておりませんでしたから」

「僕も、渋谷はあんまり詳しくないんだよな……」

僕にはあまり用のない場所だ。それこそ、ハンズに行くために数回立ち寄ったくらいである。

駅の中は複雑で、何処にどの電車が走っているのかがよく分からない。改札に辿り着くまでが大変だった。そして、コミュニケーションスキルの高そうな若者が多い街なので、僕はかなり歩き難《にく》い。

「すまないね。私のために、苦労をさせてしまって」

老紳士は、申し訳なさそうに言った。その顔は何処となく寂《さみ》しそうで、僕は胸が痛くなる。

「いいえ。大丈夫です」

自然と、そんな言葉が口をついて出た。胸を張り、老紳士の目をちゃんと見つめる。

「僕達がやりたいと思ってやってることなんで」

だから、気にせずに構えていて欲しい。

そんな想いが通じたのか、老紳士は少しだけ安心したように微笑んだ。

「そうか。有り難う。でも、無理はしないでくれよ」

「はい」と僕は頷く。ハナさんとポン助も、しっかりと首を縦に振った。

僕は携帯端末を取り出すと、狭間堂さんに電話をかける。頼りっ放しで情けないと思いつつも、僕の気持ちよりも老紳士のことを優先にしたかった。

『もしもし、那由多君かな』

「えっ、よく分かりましたね。ナンバーディスプレイも無いのに！」

『そろそろ来るタイミングかと思って』

狭間堂さんにはお見通しということか。ちょっとだけ悔しいと思いながらも、今の状況を説明した。

『なるほどね。渋谷で玉電の跡か。今は渋谷駅前にいるんだよね？』

「はい」

『それじゃあ、その付近の痕跡を探した方がいいかな』

電話口で、何やらごそごそと物音がする。資料を探しているんだろうか。

『そうそう。玉電の玉って、何のことか分かるかい？』

資料を探しながら、狭間堂さんが問う。

「えっと、二子玉川から来ているから……？」

『多分ね。昭和十三年に玉川《たまがわ》電気鉄道が東京横浜電鉄と合併して、東急玉川線として運行されていたんだ。その玉川電気鉄道は、多摩《たま》川から砂利を運んで来ていたんだよ』

「砂利を？」

『当時は、コンクリートの材料に使っていたんだってさ。多摩川の砂利は、材料に適していたんだ』

「へぇ……。じゃあ、玉川電気鉄道は力持ちだったんですね」

『はは、そうだね』

狭間堂さんは電話越しに笑う。そして、『あったあった』と呟《つぶや》いた。

『那由多君。渋谷駅の中にね、玉電の名残が感じられる場所があるんだ』

「本当ですか⁉」

『かつて、JR線から玉電に接続するための改札があってね。そこに名前が遺《のこ》されているんだよ』

「改札に、名前が……」

『そう。口頭で説明するよりも、構内図を見た方が早いかも。また、分からなくなったら電話して』

「あ、有り難う御座います！」

『あとは頼んだよ』

狭間堂さんはそう言って、受話器を置いた。

――頼んだよ。

その一言が、少しだけ誇らしかった。狭間堂さんなりの気遣いかもしれないけれど、そうだとしても嬉《うれ》しかった。

「お、那由多。どうよ。いけそう？」

背伸びをしたポン助が、背中を叩《たた》く。「うん」と僕は頷いた。

「改札口に名前が遺ってるんだって。そこが玉電と繋がっていたみたい」

「まあ、そうなのですね！」

ハナさんも手を合わせて喜ぶ。老紳士も、安堵《あんど》したように顔を綻《ほころ》ばせた。

「えっと、構内図は……」

僕はハナさん達と共に、駅舎に入る。構内図を探し、その中から玉電の名残と思《おぼ》しき改札口を探した。

「あっ」

それは、すぐに見つかった。

玉川改札。これが、玉電の名残に違いない。

「行こう！」

僕は地図を頭の中に叩き込み、玉川改札を目指して歩き出す。老紳士もハナさんと共について来てくれた。外見はご年配のそれだったけれど、足腰はとてもしっかりしたものだった。

どうやら、改札口は二階にあるらしい。高架を走っていたのだろうかと、かつての玉電に想いを馳《は》せながら、階段を上る。

それにしても、渋谷駅はやはり人が多い。人とすれ違うのも一苦労だ。大きなカートをなんとか抱えながら階段を上っている若い女の人もいるけれど、何処へ行くのだろうか。

そう思いながら、その背中を眺めていたその時だった。「あっ」という声と共に、その女の人がバランスを崩したのは。

——いけない。

とっさに駆け上がり、背中から落ちそうになる女の人を支えようとする。だけど、女の人とともに落ちるカートが重過ぎた。

「ちょ、うわっ……」

支えきれない。

僕も大きく足を踏み外し、女の人とともに宙に放り出される。天地がひっくり返り、妙な浮遊感が僕を包む。

一瞬のことなのに、何十秒も宙に放られているような気すらした。

その時だった。

「危ない！」

老紳士の声だ。あの穏やかな彼からは想像のつかない剣幕だった。大きな足音が階段を駆け上がるのが聞こえる。

次の瞬間、僕達はしっかりと抱き止められていた。

「大丈夫かい？」

「あ、え……」

老紳士が、僕と女の人とカートを受け止めていた。二本の腕と身体でしっかりと、少しもぐらつくことなく。

「だ、だいじょうぶ、です……」

目を白黒させながらも、僕は何とか答える。老紳士は「良かった」と僕達を下ろしてくれる。

唖然《あぜん》としていた女の人だが、やがて状況を理解したのか、顔を真っ青にしてへなへなと座り込む。

「ああ、死ぬかと思った……。有り難う、君」

青い顔のまま、僕に礼を言う。「ぼ、僕じゃなくて」と老紳士の方を見るが、女の人には見えていないらしい。不思議そうな顔をしていた。

女の人にエレベーターの場所を教えてから別れ、僕達は再び二階を目指す。

道すがら、僕は老紳士に「さっきは有り難う御座いました」と頭を下げた。

「その、結構重かったと思うんですけど、お身体は……」

「特に問題は無いよ。兎《と》に角、二人とも無事でよかった」

老紳士は穏やかに微笑む。「すげぇ力持ちじゃん」とポン助はヒーローでも見るような目で、老紳士を見つめていた。

「力持ち……」

僕は思わず復唱する。どうも気になるキーワードだ。

やがて、玉川改札と堂々と書かれた改札口が見えて来た。だけど、僕達はその先のJR線に用があるわけじゃない。

「ここに、かつて玉電が乗り入れていたのか……」

ぐるりと見渡すが、人間用の通路があるくらいで、痕跡《こんせき》は無かった。

だけど、僕には狭間堂さんの言葉があった。狭間堂さんがくれた情報を頼りに、老紳士を改札口とは反対側に立たせる。

そして僕は、改札口を背にして、老紳士を撮った。玉電のホームと、玉電の車両を思い描きながら。

シャッターが切られ、インスタントカメラから写真が吐き出される。通行人の邪魔にならないように、僕達は壁際で現像を待った。

「あっ……」

像が明らかになると、皆は息を呑《の》んだ。

そこには、柵《さく》の設けられたホームが写っていた。背広姿の男性がたくさん歩いているが、通勤客だろうか。その背後に、車両が写っていた。先頭車両にレトロな看板を掲げたそれは、玉電だろう。

だけど、老紳士の姿は無かった。

恐る恐る、老紳士の方を見やる。すると、彼の頬に光るものを見つけて、僕は目を丸くする。つられて眺めた、ポン助もびっくりしていた。

一粒、また一粒と、老紳士の頬に涙が伝う。僕達の表情を見て、老紳士もそれに気付いたらしい。「おっと、これはいけない」と白い手袋で軽く拭《ぬぐ》った。

「なんと懐かしい……。つい、お恥ずかしいところを」

「懐かしいって、ここにじいさんが写っているのか？」

ポン助の問いに、「ええ」と老紳士は頷《うなず》いた。

「ようやく、思い出しました。私の本来の姿を。——私は、ここに写っております」

老紳士が指さしたところには、玉電の車両があった。通勤客でも、車掌や運転手と思しき人でもなく、車両を示していた。

「ま、まさか」とポン助は固唾《かたず》をのむ。

「玉電、なんですか？」

僕が問うと、老紳士は「はい」と実にハッキリとした声で、きっぱりと答えてくれた。

「玉電そのものというよりも、玉電の未練の集合体なのかもしれませんね。もう少し、東京の西部と山の手を繋《つな》ぎたかったのです。時代の流れとは言え、その役目を終えるのは寂しかった……」

老紳士は、しみじみと溜息《ためいき》を吐いた。

「ご覧下さい、この通路を」

人が行き交う通路を指し示し、老紳士は続ける。

「今は見る影もありませんが、ここにはホームがあり、線路もあったのです。そして、私の道は、かつて山手線《やまのて》の内側まで延ばされていたこともあったのですよ」

まるで若かりし頃を振り返るように、老紳士は遠い目をしていた。老紳士はそれ以外も、何処に柵があって、どんな人が乗って来てという話をしてくれた。聞いているこっちも、玉電が走っていた昭和の時代を旅しているように思えた。

ふと、ハナさんが気になった。老紳士が玉電ということは、ハナさんと同じような存在だろう。なのに、ハナさんはさっきから黙っている。

「ねえ、ハナさ――」

振り向いた先のハナさんを見て、僕は思わずギョッとした。

ハナさんは、泣いていた。目を腫《は》らして、ぼろぼろと大粒の涙をこぼしながら。

「やはり、玉電さんだったのですね……！　そのお気持ち、分かりますわ……！　ハナも、ハナももっと走りたかったのです……！」

ずびびっとすごい音を立てて、ハナさんは洟《はな》を啜《すす》る。可憐《かれん》な美少女なのに、ひどい泣き顔だった。

「ハナさん、これ」

僕がそっとハンカチを差し出すと、「ありがとうございます……！」とたどたどしく礼を言い、問答無用で洟をかむ。しまった。先にティッシュペーパーを渡すべきだった。

「そうか、君も……」

「ええ。今はこうして、アヤカシとして第二の車生を送っておりますが……！」

車両なので、人生ではなく車生なのか。

「玉電さんは、これからどうなさるおつもりなのですか？」

目を腫らしたハナさんに見つめられ、玉電の老紳士は悩むように唸《うな》る。

「自分の正体が分かったところで、未練が無くなって成仏と行きたいところだけれどね。いつまでも廃線になった電車の未練が遺《のこ》っているのは、浮世にもよくないだろうし……」

あまりにも未練を遺し続けると、それがケガレになってしまうのだという。

ケガレは生きている人間もアヤカシも蝕《むしば》む悪い気だ。僕としても、この老紳士にそうなって欲しくはなかった。

「では、華舞鬼町はいかがでしょう！　そこで、第二の車生を送るのです！　未練を次の車生に繋げ、前向きに生きるのですわ！」

ハナさんは興奮気味に言った。

「カブキチョウ？　新宿の？」

「いいえ。おばけの街ですわ！」

「案内しますよ」と僕もハナさんに合わせる。

「よっしゃ。そうと決まれば、華舞鬼町に帰るぜ！」

ポン助はそう言ったかと思うと、ひらりとカワウソの姿に戻り、いつの間にか見つけた境界へと消えていったのであった。


華舞鬼町に戻った僕達を、狭間堂さんは出迎えてくれた。

玉電の老紳士のことも喜んで受け入れてくれて、器物系のアヤカシに仕事を斡旋《あっせん》してくれたり、住まいを紹介してくれたりするという施設に話をつけてくれた。

「大工道具を買いにいった先で、まさか玉電のおじいさんと出会うとはね」

狭間堂さんは笑いながら、座敷にいる僕にお茶を出してくれた。店に他にお客はおらず、静かだった。

僕の隣では、ポン助がカワウソ姿で寝転んでいる。大の字でだらしがない寝方だったけど、人間に変身するというのはとても大変なことだったらしい。僕はそっとしてあげることにした。

ハナさんは今、老紳士に街を案内している。懐の深い街だから、きっとすぐに慣れるだろう。

「狭間堂さん。この写真、飾ってもいいかな」

玉電が写っている写真を、狭間堂さんに見せる。狭間堂さんは向かい席に腰を下ろしながら、「いい写真だね」と言ってくれた。

「もう、渋谷では見られない風景だしね。それに、あのおじいさんの思い出だ。おじいさんにとっての、心の拠《よ》り所になるかもしれない」

「そう……ですね」

また、自分が誰だか忘れそうになった時、この写真を見て思い出してくれればいい。そうでなくても、懐かしい気分に浸りたい時に、写真館に来てくれればいいと思う。

「そうそう。写真だけど、僕に許可を取る必要は無いよ。写真館は那由多君のスペースなんだ。好きな写真を飾るといい。君だけのアルバムを作るつもりでね」

「僕のアルバム……」

僕の思い出ではない写真がたくさん入った僕のアルバムなんて、何だか不思議だ。だけど、それを喜んでくれる人がいるのなら、僕は嬉《うれ》しいし、もっと撮ろうと思う。僕にとっての思い出は、僕が撮った写真を見て元気になってくれたひと達の顔だ。

「それにしても、有り難う、那由多君」

「えっ、どうしてお礼を!?」

「大工道具を買ってくれたし、ハナさんのボディーガードも務めてくれたし、ポイントも付けてくれたから」

狭間堂さんはそう言って、僕が返却したポイントカードを、袂《たもと》の中へと入れる。

「まあ、ハナさんに関しては、僕もお世話になったようなものだし……」

「それに、玉電のおじいさんを助けてあげたから」

思わず、狭間堂さんの方を見やる。狭間堂さんは、笑顔を返してくれた。

「でもあれは、僕と言うよりも、狭間堂さんとカメラのお蔭《かげ》っていうか……」

「僕はヒントをあげただけだよ。風景だって、確かにカメラの異能によるものだけれど、シャッターを切っているのは那由多君じゃないか」

「僕がやってるのは、本当にそれだけですけど……」

ぼそぼそと言う僕に、狭間堂さんは眉尻《まゆじり》を下げる。

「道具にはね、善悪なんてないんだ。それが良きものとなるか、悪しきものとなるかは、持ち主の心に左右されるんだよ」

ハナさんや玉電のおじいさんのように、無くなってしまってから概念や未練だけが取り残されたり、道具が長い年月を経て付喪神《つくもがみ》になったりしない限り、道具には意思が宿らない。善にも、悪にもならないのだという。

「那由多君のお祖父《じい》さんのカメラは、みんなの思い出を写して、みんなを幸せにしている。それって、那由多君がみんなを幸せにしようとしているからなんだよ。カメラだけでは写真が撮れないだろう？」

「あ、そうか……」

カメラには撮影者が必要だ。撮影者が撮りたいものしか、カメラは写せない。

「写真は撮影者の心を映し出すもの。写真館に飾る写真は、那由多君の心そのものでもあるんだ」

「な、何だかそれって、気恥ずかしいというか……」

「ふふふ。最初はそうかもしれないね。でも、自信を持って。みんな、君の写真を本当に楽しそうに見ているんだから」

狭間堂さんにつられて、僕も微笑み返す。

「これからも、写真をたくさん撮ろうと思います。みんなが笑顔になれるような写真を」

「うん。それがいい」と狭間堂さんは頷《うなず》く。

「ただし、えっちな写真は無しだぜ」と、ようやく顔を上げたポン助が水を差した。

「そんな写真を撮ったら、あそこに飾らないでおれにくれよな。男と男の約束だぜ」

「と、撮らないし！　っていうか、ポン助にそういうのは早いからな！」

おくれと言わんばかりに差し出された前脚を、僕がぺちんと叩《たた》く。ちょっと硬い肉球の感触がした。

「ちぇー。那由多のケチ」

「人間でいうと中学生にもなってないようなカワウソなのに……！」

小学生くらいの少年にやらしい写真を渡す大学生なんて、悪もいいところである。

そもそも、祖父のカメラをそんなことに使いたくはない。

「うーん。僕は押絵《おしえ》の八重《やえ》さんの姿が、充分に色っぽいと思うんだけどなぁ」

狭間堂さんはお茶請けの落花生を剝《む》きながら、そんなことをぼやく。

「狭間堂さんは欲が無さ過ぎじゃね……？」とポン助は戦慄《せんりつ》した。

「ポン助は、狭間堂さんの爪の垢《あか》でも煎《せん》じて飲んだらいいんじゃないかな」

「えぇー。おれ、ハナさんのならいいんだけどな」

「ハナさんは爪の垢なんて出ないよ」

狭間堂さんは笑顔でさらりとそう言った。やはり、付喪神は違うのか。

それでも、あの時ハナさんの頰に流れた涙は、優しかった。あれも涙が流れたように見えただけで、実在しないものだったのかもしれないけれど、そこに込められた想いは確かだったと、僕は思い出したのであった。

後で聞いた話だけれど、玉電もまた、一部は廃線とならずに済んだらしい。それが、今の東急世田谷《せたがや》線なのだという。三軒茶屋《さんげんぢゃや》駅と下高井戸《しもたかいど》駅を結ぶ、東京を走るもう一つの路面電車だ。

世田谷区の方はあまり馴染《なじ》みが無かったけれど、次の休日にでも行ってみよう。今活躍している車両を自分の携帯端末で写して、玉電の老紳士に見せに行こう。頑張っている後輩の姿を見て、あの穏やかな顔を綻《ほころ》ばせてくれるかもしれない。そんな期待を込めて。

第二話　那由多と桜の森

その日、僕は写真館にいた。

狭間堂さんから借りた、店の一角だ。

今並んでいる写真は四枚。万世橋《まんせいばし》駅、凌雲閣と押絵の八重さん、蛍が飛ぶ神田川《かんだ》、渋谷駅に乗り入れた玉電である。

いずれもインスタントカメラの小さな写真だったけど、ハナさんが作ってくれた立派な額縁に収まっているため、壁にかけても見栄えがした。

「うーん」と僕は唸《うな》る。その手には、祖父のカメラがあった。

「やあ、お邪魔するよ」

聞き覚えのある声に、慌てて振り向く。そこには、身なりのいい老紳士が立っていた。

「玉《たま》さん」

先日出会った、玉電の化身たるアヤカシだった。みんなからは『玉さん』と呼ばれ、結局、それが定着してしまった。

「この間は世話になったね。この街にもすっかり慣れたからね。改めてお礼をしようと思ったのさ」

「そ、そんな。お礼だなんて。僕は何もしてないのに……！」

「そう言わずに、受け取ってくれないかな？」

玉さんは手にしていた紙袋を、ずいっと差し出す。穏やかな笑みを湛《たた》えているが、有無を言わさぬ気迫を宿していた。

「あ、有り難う御座います……」

恐縮しながら受け取る。そっと紙袋の中を覗《のぞ》くと、羊羹《ようかん》が入っていた。しかも、パッケージに玉電が描いてある。

「これって……」

「世田谷で売っているお土産さ。子供にも人気だそうだよ。こうやって玉電があったことを後世に伝えてくれる人がいるから、私もこうして存在出来るのだろうね」

玉さんは、愛おしそうに羊羹が入った袋を見つめていた。僕も、思わず顔を綻ばせてしまう。

「そうですね。有り難く、頂戴《ちょうだい》します」

「ああ。この店の分はハナさんに渡したから、それはご家族と一緒に召し上がって欲しいものだね」

「家族……」

「君は浮世から遊びに来ているのだろう？」

「あ、はい。その、祖母が喜ぶと思います。羊羹が好きなので……！」

僕は改めて頭を下げる。

「それは良かった。本当は、羊羹だけでは足りないと思っていてね。私で出来ることがあったら、声をかけてくれると嬉《うれ》しい」

「いや、でも……」

「君は、私を男前に撮ってくれたからね」

老紳士の玉さんは、お茶目なウインクをくれた。

僕がぽかんと口を開けて言葉を探している間に、玉さんは「では、またね」と笑顔で去っていってしまった。

「男前に、かぁ……」

玉電の写真を見やる。男前かどうかは分からないけれど、構図はそれなりに決まっていると思う。

（ただ写真を撮るだけじゃなくて、喜ばれる写真を撮りたいな）

シャッターを切ることだけが写真を撮ることではない。

祖父が撮っていた写真を思い出す。人々の表情は活《い》き活きとしていたし、動物のみならず、物ですら活力が漲《みなぎ》っていた。

（お祖父《じい》ちゃんが生きていたら、写真のことを教われるんだけどな）

祖父のインスタントカメラを見つめる。だけど、答えが返ってくるはずも無かった。写真の撮り方の指南書を読むべきだろうか。それとも、カメラに詳しそうな人に尋ねるべきだろうか。と言っても、知り合いが非常に少ないのだが。

「ＳＮＳのフォロワーさんで、写真を撮るのが上手《うま》い人がいたけど……。――いや」

カメラと言えば、思い当たる節があった。立派なカメラを携え、それを生業《なりわい》にしているひとがいるではないか。だが、それは――。

「流石に、円さんに聞くのはなぁ……」

百代円《ひやくだい》。この華舞鬼町で記者をしているというアヤカシである。

見た目はスマートな伊達男《だておとこ》だけど、その正体は目競《めくらべ》という異形のアヤカシだった。

正体はまあ、怖いけど、百歩譲って別に構わない。でも、彼の視線は射貫《いぬ》くように鋭く、僕は身がすくむほどに苦手だった。

「……やめておこう。なんか、あのひと怖いし」

「己《お》れの存在を示す名を出しておきながら、やめておこうとは哀しいね」

「ひぃ！」

冷水どころか、氷水を頭からぶっかけられたような気になる。出口の方を見やれば、そこには声の主――円さんが壁によりかかりながら佇《たたず》んでいた。

「さっきからいたぜ？　玉電の旦那《だんな》が来る前から」

「入れ違いじゃなくて!?」

いつの間にか過ぎる。円さんは背が高くて存在感があるし、普通は気付くはずなのだけど。

円さんはこちらに視線を向ける。色眼鏡をしてくれているお陰で、刺さるほどの鋭さはない。それでも、緊張感はあるけれど。

いつものベスト姿で、胸からは籠目《かごめ》のネクタイが見える。手には立派な一眼レフを携えていた。

「写真がどうこうって聞こえた気がするのだがね」

「い、いやぁ。どうせだったら、上手くなりたいなーなんて」

「それで、己れに教わろうとした、と」

「そ、それはいいです……」

話すだけでも緊張するというのに、教わることになったらどうなってしまうやら。

「遠慮することはないさ。己れと君の仲じゃないか」

「い、い、いつの間にそんな仲になったんです……？」

円さんが一歩踏み込むと、僕は思わず一歩下がる。円さんが二歩踏み込むと、僕は二歩下がる。だが、その踵《かかと》が壁に当たった。

「ひ、ひとを呼びますよ！」

「別に構わないぜ。己れはやましいことをしてないし」

「今、お店にいるのはハナさんだけです……！　だから、ハナさんが確実にやって来ますよ……！」

するとこちらに歩み寄って来た円さんは、半歩下がった。

「……円さん、ハナさんが苦手なんですか？」

「器物系のアヤカシは、視線を気にしないからね」

なるほど。円さんの独特の妖気《ようき》に中《あ》てられることがないということか。それは確かに、調子を狂わされるかもしれない。

「で、因《ちな》みに、どんな写真を撮りたいのかな？」

円さんは問う。引き下がったと思ったが、話は進められていた。

「えっと、情緒のある写真ですかね。みんなが喜んでくれるような感じの……」

「芸術性を重視したい」

「芸術性っていうと大袈裟《おおげさ》かもしれないですけど、そんな感じです」と僕は頷《うなず》いた。

「それは己れ向きじゃないな」

円さんはあっさりと引き下がった。

「えっ、でも、円さんは凄《すご》い写真を撮るじゃないですか」

以前、事件の容疑者が逮捕されたところの写真を見せて貰《もら》ったことがある。容疑者の表情や、それを見つめる人々の表情、そして、現場の空気がよく分かる写真だった。

「用途が違うのさ」と円さんは言った。

「己れは真実を写したいだけなのさ。喜ばれるものじゃない」

「そういうもの、ですかね……」

「そういうものさ。それに対して、那由多君は、美しい世界を撮ろうとしている。しかし、現実は美しいわけじゃない。那由多君は、人々が喜ぶ写真を撮ろうとしている。しかし、現実は喜ばしいことばかりじゃない」

円さんは、大きく一歩踏み出す。とっさのことでハナさんを呼び損ねた僕は、円さんの接近を許してしまった。

自然と、呼吸が速くなる。上下する胸を、円さんの長い指が静かに突いた。

「那由多君。君が撮りたいのは、幻想なんだ」

「そ、そんな……」

そんなことない。そう思う傍らで、そうではないと言い切れるかと疑問が浮かぶ。

何せ自分は、浮世で馴染《なじ》めないでいたではないか。周囲が馴染ませてくれなかったことが、度々あったではないか。

「己れは幻想の撮り方は知らない。だが、幻想がある場所は知っている」

「えっ？」

思いもよらぬ話の切り替えに、僕は思わず、目を瞬《しばたた》かせる。すると、円さんは僕にそっと耳打ちをした。

「この時季に、満開の桜が見れる場所があるそうだぜ？」

「満開の桜……」

桜の時季は過ぎている。初夏もとっくに訪れ、そろそろ梅雨の季節だ。

なのに、桜が見られるなんてありえない。しかも、それが満開だなんて。

「困っているアヤカシが、いるかもしれないな」

円さんは独り言のようにそう言って、すっと身を離した。

以前、円さんの紹介で大変な目に遭ったのを思い出す。だけど、そこに新しい出会いもあった。

「……場所、教えてくれますか？」

現実は美しいものばかりではないかもしれない。

でも、僕は、美しい現実を探したかった。


飛鳥山公園。

円さんが教えてくれたのは、僕も知っている場所だった。

飛鳥山公園と言えば、王子駅のすぐ近くにある由緒正しい桜の名所だ。何せ、徳川《とくがわ》吉宗《よしむね》が享保《きょうほう》の改革の一環として造成した場所である。春になれば、近くを走る都電荒川線から満開の桜を望むことが出来た。

だが、それも三月下旬から四月初旬にかけてのことだ。今は桜の花なんて見る影もなく、こんもりと緑が茂っているはずだ。

「店を出て来たものの、本当に桜なんて咲いているのかな」

華舞鬼町の街を歩きながら、そんなことをぼやく。

振り返って雑貨屋を見やる。僕を見送ってくれていたハナさんは、お店に引っ込んでいた。

「まあ、ただからかわれるだけなら、まだいいのかもしれないけど」

八重さんを紹介された時は、押絵《おしえ》の中に引きずり込まれそうになってしまった。円さんがそう仕向けたわけではないとは言え、あのひとは僕が閉じ込められるのを黙って見ていたくらいだ。

(変だなと思ったら、狭間堂さんを頼ろう)

同じ轍《てつ》を踏みたくない。今度は変な意地を張らないようにしよう。

もしかしたら、円さんに話を聞いた時点で、狭間堂さんに報告すべきなのかもしれないけれど……。

「よぉ、那由多じゃん！」

　大通りを歩いていると、堀の中からポン助がひょっこりと顔を出した。

「どうしたんだよ。これからジュギョー？」

「今日は日曜だから休みだよ。大学に行っても誰もいないって」

「女子がいないんじゃ意味無いよな」

「僕は女子に会うために行ってるんじゃないんだけど……」

　ポン助は短い前脚で器用に這《は》い上がり、僕の隣に並ぶ。太い尻尾《しっぽ》から水が滴るので、ポン助が歩いたところに濡《ぬ》れた軌跡が出来た。

「じゃあ、何のために？」

「勉強するためだよ」

「へー、那由多ってえらいんだな！　学者にでもなるのかよ！」

「いや、えらくないよ。ほとんどの人がそうしてるから、僕もそうしてるだけ」

「なんで？」とポン助は小首をかしげる。

「そこそこの学歴がないと、会社に雇って貰えないんだよ」

「どんな会社に雇って貰いたいんだ？」

「え、それは……」

言葉に詰まってしまった。具体的な目標が無かったからだ。

今までは、平凡な学歴で平凡な会社に入り、平凡な人生を歩もうと思っていた。だから、大学も無難な偏差値のところにした。

「なぁんだ、決まってないのかよ」

「こ、これから決めるんだよ」

僕は口を尖《とが》らせて反論する。

「狭間堂さんのところで雇って貰えば？」

「狭間堂さんの店は、ハナさんっていう優秀過ぎる店員さんがいるから……」

ハナさんはてきぱきと何でもこなす。お茶を淹《い》れるのも上手《うま》いし、お掃除も得意だし、お会計もしてくれるし、力持ちなので商品の搬入もお手の物だ。それに比べて、僕がお茶を淹れると変に薄くなるし、掃除は大の苦手だし、レジ打ちの経験も無いし、もやしっ子だ。ハナさんに勝る要素が、一つも見当たらない。

「じゃあ、お前が店主になればいいじゃん。それか、シャチョー？」

「そんな簡単に言わないでくれよ。お店を開くのって大変なんだから」

「でもさ。お前のじいちゃんは店主だったんだろ？」

ポン助のつぶらな瞳《ひとみ》に見つめられ、ハッとする。

そうだ。祖父は写真屋の店主だった。自分で店を経営し、自分でお客さんの応対をし、自分で撮影をしたり現像をしたりしていた。

手の中のインスタントカメラを見つめる。音をあげるのはまだ早いと、窘《たしな》められているようだった。

「……そう、だな。まあ、並々ならぬ努力が必要なんだろうけどさ」

「ま、お前は若いんだから、これからだって」

「ポン助の方が若いのに、なんで上から目線なの……」

ポン助の前脚に、脛《すね》の辺りをぺちぺちと叩《たた》かれる。込めようと思った気合いが、あっという間に抜けていった。

「で、何処に行くんだよ」

僕の心境も露知らず、ポン助は最初の質問に戻る。

「王子の飛鳥山公園」

「へぇ。あそこは緑がいっぱいあっていいよな。散歩？」

「ううん。桜を見に行くんだ」

「えっ」

濁点でもついているかのような声を出しながら、ポン助は立ち止まった。

「お、お前。今、何月だと思ってんだよ。桜なんて見られるわけないだろ……」

ポン助は本気で動揺していた。僕が正気を失ったとでも思っているんだろうか。

「見られるわけないけど、見られるって聞いたから」

「ああ。誰かからそういう話をされたわけか。熱があるわけじゃないんだな……」

ポン助は小さな前脚で、胸を撫《な》で下ろす。

僕がどうにかなったわけでないと知るや否や、ポン助は耳をピンと立てていつもの調子に戻る。

「で、誰だよ。そんなおめでたいことを言ってるの。お前の頭に桜が咲いてるんじゃないのかって言って来てやるよ」

「言ってたのは、円さんだから」

「ごめんなさい！」

ポン助は明後日《あさって》の方向に土下座をする。

「それを先に言えよ！　不用意なこと口走っちゃったじゃん！」

「ごめん……。きっと円さんなら、笑って許してくれるよ……」

「笑って許してくれても怖いのが円だから……」

その気持ちは少しだけ分かる。茶化されたこと自体は全く気にしなそうだが、それを弱みとして、とことん弄《いじ》られそうではある。

僕も、変なことを記事にされて華舞鬼町に広められたら大変だ。言動には気を付けなくては。

「それにしてもよ。情報源が円ってのが、もうヤバいんじゃねーの？」

「やっぱり、狭間堂さんに相談した方がいいかな」

「した方がいいって、絶対」

「でも、店には姿が無かったし……」

僕の言葉に、ポン助は「あちゃー」と顔を覆った。

「パトロールか会合か、浮世にでも行ってるのかもしれないな。円のやつ、そこを狙って来たのかも！」

「かもね……」

「絶対、何か狙いがあるって！　今はやめて、狭間堂さんを待とう！」

「でも――」

――困っているアヤカシが、いるかもしれないな。

円さんの言葉が、頭の中で弾《はじ》ける。気付いた時には、口が勝手に動いていた。

「行く。困っている人自体は、いそうだし」

「那由多！」

「大丈夫。危なくなったら、逃げるから」

僕は、華舞鬼町の出入口となっている街灯の方へと進む。ポン助が、短い脚をちょこちょこと動かしながらついて来た。

「ポン助はついて来なくて大丈夫だよ。狭間堂さんが戻って来たら、僕のことを伝えて欲しいけど」

そう言うものの、ポン助は首をぷるぷると横に振った。

「いいや。おれも男だ。ついてくぜ！　那由多の友達として！」

「ポン助……」

「ハナさんには、飛鳥山に向かうことは言ってるんだよな」

「うん。どちらへ、って聞かれたから」

「だったら、狭間堂さんにも行き先が伝わるから大丈夫だ」

ポン助も真っ直ぐに前を見て、街の境界へ向かって進む。その足取りに、迷いは無かった。

「有り難う、ポン助」

「いいってことよ」

ポン助は前脚で器用に拳《こぶし》を作ると、ぐっと持ち上げてみせた。

いざ、飛鳥山公園。僕達は季節外れの桜の正体を探るべく、浮世へと踏み出したのであった。


僕達が出たのは、飛鳥山公園の麓《ふもと》だった。反対側には高架橋があり、その上に王子駅のホームがある。

飛鳥山は、山と言っても登山をするような高さではない。坂道や階段をゆるゆると登れば、あっという間に頂上に着く程度だ。

「それにしても……」

「桜、咲いてねぇな」

僕の横に並んだポン助は、少年姿だった。境界を渡る時に、変化したのだろう。

それは兎《と》も角、ポン助の言う通り、桜は咲いていなかった。緑に茂った木々が、こんもりと飛鳥山を覆っているだけだった。

休日なので、親子連れや老人の集団が歩いている。空も青く、実に平和な風景だった。

「円さんが嘘を吐いた……とも考え難《にく》いな」

「じゃあ、お前の間抜け面を撮るための方便だとか」

間抜け面だと指摘され、慌てて表情を正す。ついでに周囲を見回してみるものの、円さんらしき人物は見当たらなかった。

「流石にそれは、無いかな。そんなことに労力を割きそうなひとじゃなさそうだし」

「だよなぁ」

「ひとまず、公園の中を散策してみよう。困ってるひとがいなければ、それでいいし」

僕はそう言って歩き出す。ポン助も、それに続いた。

「お前って、本当にお人好《よ》しだよな」

「そうなのかなぁ……。だって、自分の持っているものが困っているひとを助けるかもしれないと思うと、放っておけないいじゃないか」

「そこがお人好しだって言うんだよ」

ポン助は僕を小突く。「うーん」と僕は曖昧《あいまい》に返した。

「あっ、あそこに乗り物があるじゃん。あれに乗ろうぜ！」

ポン助が指した方向に、モノレールがあった。蝸牛《かたつむり》みたいな車体が、飛鳥山の傾斜に沿うようにゆっくりと昇って行く。

「うわー。あんなのもあるんだ……」

楽しそう、と思ってしまった。でも、ずらりと並ぶ人間達を見て、その気持ちが霧散した。

「やめよう。すごく並んでるし」

「えー。でも、タダだぜ、タダ！」

「ああいうのは、子連れのファミリーとかお年寄りが乗るものなんだよ。僕らは脚で登ろう」

「ちぇーっ」

僕はポン助の背中をぐいぐいと押す。

僕とポン助だと、兄弟に見えるだろうか。注目はされないだろうけど、人ごみの中にはあまりいたくなかった。やっぱり、大勢の人間がいる場所は苦手だ。

飛鳥山の上へと続く、細い階段をふたりで登る。木陰が日差しを遮り、涼しい風が吹き抜ける。

或《あ》る程度の高さまで来ると、高架橋の線路が眺められるようになった。京浜東北線《けいひんとうほく》の車両がホームに入り、大勢の人が吸い込まれるように乗り込む。

「ポン助は、飛鳥山に来たことがあるの？」

「ああ。家族で花見をしに来たぜ。その時は、麓から登らなかったけど」

「そっか。桜が見える場所——山の上に、華舞鬼町から直接来たってことか」

「そういうこと」とポン助が頷《うなず》く。

「お前も来たことがあるの？」

「うん。随分と前だから、もう、記憶が曖昧だけど」

瞼《まぶた》を閉ざすと、桜の花で埋め尽くされた桃色の飛鳥山を思い出す。飛鳥山の頂上は広場になっていて、そこにシートを敷いて花を見るのだ。きっと、江戸時代の頃からそうやって花見をしていたのだろうと思うと、妙に感慨深い。

「花見はいいよなぁ」とポン助は夢見心地だ。きっと、ポン助も花見をした時のことを思い出しているのだろう。

「そうだね。花は綺麗《きれい》だし、何処を撮っても絵になりそう」

「そうそう。お弁当も美味《おい》しいし、おやつも美味しいし」

「ちょっと」

僕は思わず立ち止まった。ポン助もつられて足を止める。

「なんだよ」

「桜じゃなくて、御馳走《ごちそう》を想像してたの⁉ それじゃあ、『花より団子』じゃないか！」

「だって、桜の花は食えな……いや、食えるか」

塩漬けにした桜の花を使った和菓子もある。桜の花は見てよし、食べてよしという万能な花だ。

「いや、そういう話じゃないし！」

ポン助と自分にツッコミを入れる。

「僕は、綺麗な景色だから写真を撮りたいって思ったんだけど、そういうのはないの？」

「お前、それでイイネとやらを貰《もら》おうっていう魂胆だろう！」

ポン助が鋭く指摘する。何で中途半端にSNSのことを知っているんだ。

「ちち、違うし！」

「何なら、プリティなカワウソ姿のおれを撮ってもいいんだぜ。女子からいっぱいイイネを貰えるに違いないからな」

少年姿のポン助は、恥ずかしげもなく胸を張る。そんな姿も、カワウソならばウケてしまうのだろう。

「っていうか、ポン助がSNSのアカウントを作って、自分の写真を投稿すればいいんじゃあ……」

「でも、カワウソの手で自撮りをするのって難しくね？」

「確かに」と妙に納得してしまった。

「それじゃあ、おれがアカウントを作った暁には、那由多がカメラマンになってくれよな」

「それ、撮影料は出るの？」

「おれの肉球スタンプ入りサイン色紙じゃダメ？」

「いらないよ……」

そもそも、カワウソの手ではサインペンも握り難いだろう。

そんな話をしているうちに、階段も終わり、あと少しで頂上というところまでやって来てしまった。空も少しだけ近くなったかなと思いながら見上げてみるが、先ほどまでの青空は何処へ行ったやら。すっかり灰色の雲が覆っていた。

「うわ……。嫌な天気になって来たな」

「本当だ。雨のにおいがしやがるし。さっさと調査して、さっさと帰ろうぜ」

ポン助は、鼻をひくひくとさせながらそう言った。

「そうだね」と同意しながら、僕は頂上へと一歩踏み出す。ポン助もまた、一拍遅れて踏み込んだ。

その時、ふわりと目の前を過《よぎ》ったものがあった。ひらひらと舞うそれは、花びらだろうか。ほんのりと桃色で、桜の花びらのようにも見えた。

「いや、まさか……」

そう思って頂上を見渡そうとする。だが、雰囲気は一変していた。

「え、あ、あれ……？」

頂上は、桜の花で埋め尽くされていた。

何処からか、甘いにおいがする。和やかになる香りの類《たぐい》ではなく、毒を孕《はら》んだような強烈なにおいだ。

目を擦《こす》って見直すが、見間違いではない。緑の木々が並んでいるはずの道には、所狭しと淡紅色《うすべに》の花が狂い咲いていた。

そして、その桜の隙間から見える空は——夜だった。

「なんだ、これ……。——ポン助！」

僕はポン助の方を振り返る。だが、そこにいたのはポン助ではなかった。

「うわああっ！」

鬼だ。子供ほどの大きさだが、角を生やした凄《すさ》まじい形相の鬼が、そこにいた。

「あ、あっちに行け！」

僕は突き飛ばして逃げようとするが、鬼が飛びかかって来る方が早かった。もやしっ子の僕はあっさりと組み敷かれ、身動きが取れなくなってしまう。

絶体絶命だ。鋭い牙《きば》を剝《む》き出しにし、目をぎらつかせた鬼が、拳《こぶし》を振り下ろす。

このまま頭を砕かれて食べられてしまうんだろうか。そして、ポン助は何処に行ってしまったんだろうか。もう、この鬼に喰《く》われてしまったんだろうか。

そう思った途端、頭の中で何かが弾《はじ》けるのを感じた。

「くそっ……、ポン助を、ポン助を返せ！」

思いっきり突き出した両手で、鬼を僕の上から跳ね飛ばす。

「ぎゃっ」という短い悲鳴と共に、鬼が転げ落ちた。

「あれ？　今の声、聞き覚えが……」

よく見れば、そこに倒れているのは、鬼ではなくポン助だった。カワウソの姿で、大の字になっている。

「わわわっ！　ポン助、大丈夫か⁉」

「うう……。嚙《か》まれるのは痛いから、丸呑《まるの》みに——って、那由多じゃねーか！」

ポン助は飛び起きる。

「おっかねぇ鬼かと思って、飛び掛かったのに」

「僕は寧《むし》ろ、恐ろしい顔をした鬼に飛び掛かられたよ……」

僕達は顔を見合わせる。つまり、これは……。

「お互いが鬼に見えてたってこと？」

「……そうなのかもな」

幸い、ポン助に怪我は無いようだ。ポン助はカワウソの姿のまま、僕の肩の上によじ登る。

「なあ、那由多。おれには満開の桜が見えるんだけど」

「奇遇だね。僕にも見えるよ。イイネをたくさん貰えそうな桜の森が」

だけど、写真を撮ろうとは思わない。祖父のインスタントカメラを、お守りみたいにギュッと抱いた。

「境界に入っちまったのかな」

「華舞鬼町みたいな？」

「うん……。おれも、詳しいことは分からないけどさ。境界の中に結界を作れるようなアヤカシじゃないし」

アヤカシの中には、特殊な場を作れるものがいるのだという。

「元来た道を歩けば、出れるかもしれねぇけど」

「だったら、進もう。この先にどんなひとがいるのか、確かめてからでも遅くないだろうし」

僕の言葉に、ポン助は諦《あきら》めたように「はぁい」と返事をする。

「お前って、意外と行動力があるよな」

「そうかなぁ。行動力がある人っていうのは、多分、何も考えずに動ける人のことを言うんだよ」

僕は常に、動きたくないし逃げたいと思っている。出来ることならば、部屋の中で好きなことだけをして、平穏に過ごしたいと思っている。でも、それじゃあ駄目だと思っているから、動いているだけだ。

道には、桜の花びらが降り積もっていた。足の裏に伝わる感触は、まるで絨毯《じゅうたん》だ。

「何だか、綺麗だけど……」

「こわいよな」

ポン助は、ぼそりと言った。

そう、綺麗《きれい》だけど怖い。夜空には月なんかが出ていて、月明かりに照らされて、桜の花びらがぼんやりと光っているように見える。

美しい光景だったが、それがやけに恐ろしいもののように思えた。この気持ちが、ポン助を鬼に、僕を鬼にして見せていたのだろうか。

桜の絨毯を踏みしめて行くと、その先に、一際大きな桜の木が立っていた。

ポン助は、僕の後頭部に隠れる。桜の木の下には、人影が佇《たたず》んでいた。

桜の森の満開の下、待っていたのは着物姿の女性だった。烏羽玉《うばたま》の髪は地面につきそうなほど長く、白い肌は絹のような繊細さだ。濡《ぬ》れたような睫毛《まつげ》と、ガラスのような瞳《ひとみ》がこちらを見つめている。

ぞっとするほどに、美しかった。

「お前達、旅のものかえ?」

透き通るような声で、女性は古風な口調で尋ねる。

「旅のものというか、通りすがりというか……」

僕はつい、気後れしてしまう。女の人が好きなポン助すら、僕の後頭部からチラ見するだけで顔を出そうとしない。

それだけ、得体が知れなかった。霊感の類がない僕も、女性から漂う妖気《ようき》を感じていた。

「一人と一匹。都に行く途中で、道に迷ったのかえ?」

可哀想に。と女性は言うものの、そこに同情はなく、ただただ愉《たの》しそうだった。

僕は女性が何かを抱いているのに気付く。着物の袖《そで》で隠されているが、赤子だろうか。いいや、それにしては小さすぎる。丁度、サッカーボールくらいの大きさだ。着物の古風な女性ならば、抱いているとしたら毬《まり》か。

「あなたは、ここで何をしているんですか？」

「私は片割れを探しているんだよ」

「片割れ？」

するとポン助は何かを察したらしい。「お、おい」と僕の後頭部を小突く。

「どうしたんだよ」

「あ、あれ。よく見てみろよ」

ポン助は、女性の持っているものを指さす。

すると、袖の間から少しだけ見えた。毬のように丸いが、真っ白なそれが。

「うっ」と思わず声をあげる。女性はそれに気付き、毬のように丸くて白いそれをそっと取り出す。

「この片割れさ。これは女のもの。恋人の男がいたのさ。その男のものを探して、結婚させてやるんだよ」

女性が手にしていたのは、髑髏《どくろ》だった。

真っ白な髑髏を掲げながら、女性はうっとりとしてそう語った。

「ねえ、お前達。男の髑髏を知らないかえ？」

「し、知らないです……」

僕もポン助も、ぷるぷると首を横に振る。

「私も、幾ら探しても見つからないんだよ。片割れの女の髑髏を通じて、水が落ちる音が聞こえていたのだけれど——」

女性は溜息《ためいき》を吐く。そして、ゆらりと身体ごとこちらへと振り向いた。

「ねえ、お前」

「は、はい」と水を向けられた僕は反射的に返事をしてしまう。

「このままじゃ、結婚式が挙げられない。いっそのこと、お前の髑髏を貰《もら》おうか——」

「かかかかかんべんして下さい！」

悲鳴と共に、僕は地を蹴《け》った。

美女だけど、鬼女だ。あの女のひとこそ、この結界の主たるアヤカシだ。

困っていることと妥協案まで聞けたけど、僕の頭蓋骨《ずがいこつ》を渡すのは無理難題過ぎる。

手足がバラバラになりそうなくらい、全力で走った。最早《もはや》、無我夢中だった。何度も桜の花びらに足を取られたけれど、立ち止まっている暇はなかった。

「うわっ」

突如として、まとわりついていた重々しい空気が失せ、僕は道端に放り出される。

肩に乗っていたポン助も、ころころと転がった。

「だ、大丈夫かよ、那由多」

「な、なんとか……」

空を見上げると、そこには曇った昼の空があった。背後を振り返ると、緑の木々が茂る飛鳥山公園があった。

どうやら、王子駅とは反対側に出たらしい。目の前の大通りでは、都電が自動車と一緒に走っている。交番の前にいたお巡りさんが、こちらを不思議そうに眺めていた。

「結界から出られたみたい……」

「だな……」とポン助はよろよろと立ち上がる。

「あれはもう、狭間堂さん案件だな」

「そうだね……」

僕も立ち上がろうとしたものの、腰がすっかり抜けてその場から動けなかったのであった。

雑貨屋に戻ると、狭間堂さんが帰宅していた。

「いらっしゃい、ふたりとも。それとも、お帰りなさいと言うべきかな？」

カウンターの向こうからやって来る狭間堂さんを見て、頼もしさや安心感や、その他諸々《もろもろ》の感情が込み上げて来る。

「うわーん、狭間堂さーん」

僕とポン助は、狭間堂さんにしがみついた。

「ど、どうしたんだい？　まあ、座敷においでよ」

狭間堂さんはそう言って、僕とポン助の背中を押す。ハナさんは心配そうに奥へ引っ込んで行った。お茶を用意しに行ったのだろう。

「ハナさんから、飛鳥山公園に行ったと聞いたんだけど」

「ええ、まあ……」

僕達は、座敷に座って事のあらましを話し始めた。

飛鳥山公園で鬼女に遭ったこと、そして、季節外れの桜が咲いていたこと。更に、円さんの情報をもとに行動したこと。

それらを聞き終える頃には、ハナさんが人数分のお茶を持って来てくれた。色の濃い緑茶を一口含むと、狭間堂さんは溜息を吐く。

「そうか。成程ね。狂い咲きの桜と、首を求める鬼女か。まるで、『桜の森の満開の下』だけど――」

「なんです？　その、『桜の森の満開の下』って」

僕が首を傾げると、「坂口安吾《さかぐちあんご》の小説だよ」と狭間堂さんは答えた。

「情け容赦ない山賊が、美しい女性に会ってね。その夫を殺して、女性と夫婦になったものの、女性は都に行きたがり、生首を欲しがるというとんでもない人だったのさ」

それを聞いたポン助は、「ひぃぃ」と震えた。僕も、先程出会った鬼女を思い出し、つい身震いしてしまう。

「山賊は女性に惚《ほ》れていたから、言うことを何でも聞いてやろうとしていたけどね。でも、ついには疲れ果ててしまい、夫婦そろって山に戻ることになったんだ。だけど、山賊は満開の桜に狂わされてね。悲しくも不思議な結末を迎えるんだ」

「悲しくも、不思議な……？」

「そこは、読んでからのお楽しみだね」

狭間堂さんは、にっこりと微笑む。

「えー。僕、本を読むのが苦手なんだよな……」

「短編だし、そんなに大変じゃないと思うよ。何なら、僕が読み聞かせをしようか」

「い、いいですよ。自分で読みますって」

そこまでして貰うのは忍びない。「そっか」と狭間堂さんは何故か残念そうだった。

「まあ、その話では、桜の花の下というのは、美しいというより恐ろしいと言っているのさ」

「確かに、夜桜なんかは神秘的だけど、ちょっと怖いですよね」と僕も頷《うなず》く。

「その畏怖《いふ》にも近い恐怖がケガレとなって、飛鳥山にいた女性にまとわりついているのかもしれない」

狭間堂さんはそこまで言うと、再び、お茶を啜《すす》った。

「どうしてそう思うんですか？」

「あそこに、強力なアヤカシがいるとは思えないからさ。王子稲荷《おうじいなり》神社も近いしね。神狐《しんこ》がよく出入りするから、強いアヤカシが縄張りにしようものなら、人間を守ろうとする彼らに排除されると思う」

「そうなんですね……」

そう言えば、大晦日《おおみそか》から元旦《がんたん》にかけて、狐に扮《ふん》した人々が王子稲荷神社に向かって練り歩くというイベントが行われていたような気がする。祖父に誘われたけれど、真冬の深夜に出歩こうとは思えなくて、行かないと言ってしまった。

「夫婦の髑髏を揃えようとしているから、そこに原因がありそうなんだけど……」

「放っては、おけませんよね……？」

僕の問いに、「勿論《もちろん》」と狭間堂さんは力強く頷いた。

「誰かが那由多君達みたいに迷い込んだら、大変だしね。それに、その女のひとも気がかりだから」

狭間堂さんは、袂《たもと》からするりと扇子を取り出す。

「まあ、まずは――」

閉じたままの扇子を壁の方に向けたかと思うと、ひゅっと矢のように飛ばす。「うわっ」とポン助が反射的に首を引っ込める。そのまま出入口の扉に当たるかと思いきや、扇子はぴたりと止められた。長く骨張った、二本の指に挟まれて。

「ま、円さん！」

「真っ先に狭間堂が気付いてくれたね。己《お》れは嬉《うれ》しいよ」

「君の気配には慣れてるからね」

円さんは扇子を投げ返す。狭間堂さんは、それを掌《てのひら》で受け止めた。

「ホント、神出鬼没だよな……！」

ポン助は僕の後ろに隠れながら、そう言った。

「あっ。私としたことが。お茶をもう一人分、持って来ますわ！」

新客の存在に気付いたハナさんは、パタパタと奥に駆けて行った。それを見送った円さんは、遠慮なくこちらに歩み寄る。

「え、えっと、いつからいたんです……？」と僕が問う。

「己れの頭に桜が咲いてる疑惑から」

さらりとそう言って、畳の上に腰を下ろす。ポン助は「ひぃぃ」と引きつった声をあげた。

「あ、あれは、物の弾みで」

「己れも物の弾みで、ポン助君のプライベートな写真を記事にしてしまいそうだなぁ」

「やべぇ……。迂闊《うかつ》に着替えられねぇじゃん……」

「ポン助君、元々裸じゃないか」

戦慄《せんりつ》するポン助に、狭間堂さんが的確なツッコミを入れてあげていた。

「まあ、カワウソ少年のプライベートなんて、需要がないという理由で却下されるだろうがね」

肩を竦《すく》める円さんに、ポン助は、「ぐぬぬ」と歯ぎしりをしていた。

「で、狭間堂は己れに何を聞きたいのかな？　扇子の投げ合いをしたかったわけじゃないだろう？」

「どうして、那由多君を飛鳥山公園に向かわせたんだい？」

狭間堂さんは、間髪を容《い》れず、簡潔に問う。円さんは、少しだけ面白くなさそうな顔で、こう答えた。

「取材をしたかったのさ」

「那由多君がいなくても、取材が出来たんじゃないのかい？」

「残念ながら、結界が張ってあってね。条件を満たせば入れるが、入る時に感知されてしまう。そうすると、何かと都合が悪いのさ」

「僕を囮《おとり》に使ったってことですか……？」

「カメラの力が必要かもしれないとも思ったんだぜ？」

円さんは、しれっとはぐらかす。

「つーか、円の方が那由多よりも身体も妖力《ようりょく》もでかいじゃねぇか。那由多を囮にしても、円の方が気付かれちまうんじゃないか？」

「そうならない方法がある」

ポン助の問いに答えたのは、狭間堂さんだった。

「そうならない方法？」

「一部だけ、結界の中に入れればいい」

「一部だけ？」

僕とポン助は鸚鵡《おうむ》返《がえ》しに尋ねるが、円さんは含み笑いを浮かべるだけだった。

「円君は、一人じゃなくて、一塊だからね」

狭間堂さんの言葉に、円さんが残留思念の集合体であったことを思い出す。

「そうか。円さんは、自分を構成している残留思念を分離できるんだ。そうやって、僕達を監視しているんじゃあ……」

「ご名答」

円さんは白々しい拍手をする。それならば、あの姿を見せずに他人を監視すること
も、神出鬼没なのも納得がいく。

「因《ちな》みに、取材をしていた残留思念との同期は終わったのかい？」

狭間堂さんが問う。「いや」と円さんが首を横に振った。

「している最中さ。どうも、会話をしながらだと進まなくてね」

「そう。分かった」

狭間堂さんは、一人で納得をする。円さんも不可解な顔をしていたが、狭間堂さん
が話を進める方が早かった。

「まずは、桜の下にいた女のひとの探し物を見つけよう。彼女が亡者の成れの果てな
らば、未練をなくして、道を照らしてあげなくてはいけない」

「でも、髑髏《どくろ》なんてどこに……」

「そのひと、ヒントをくれたんだろう？」

――片割れの女の髑髏を通じて、水が落ちる音が聞こえていたのだけれど。

鬼女は、確かにそう言っていた。

「縁とは不思議なものでね。女性の髑髏と、片割れの髑髏が比翼連理の関係ならば、
女性の髑髏を通じて、片割れの髑髏が聞いている音が聞こえてもおかしくはない」

「それじゃあ、相手の髑髏は、水が流れる場所にいるってことかな……」

「そうだとしたら、それほど、遠くないところにいるとは思うんだけど」

狭間堂さんは、カウンターの裏に置いてある書物を引っ張り出す。一方、ハナさんは円さんの分のお茶を持って来た。円さんはそれを受け取り、狭間堂さんが調べ物をしているのを、メモを取りながら眺め始めた。まるで、お手並み拝見と言わんばかりに。

「そう言えば、あの辺には川があるよな」

ポン助は身を乗り出す。

「そうだっけ？」と僕が問うと、「そうだよ」と牙《きば》を剥《む》いた。

「石神井《しゃくじい》川っていう川。上流は西東京の方なんだけどさ。板橋《いたばし》の辺りなんか、左右に桜の木が植えてあって、春は凄《すご》く綺麗《きれい》なんだぜ」

ポン助は興奮気味にそう言った。きっと、家族と見に行ったことがあるのだろう。

「そうだね。五月はあそこに鯉のぼりも並ぶんだ。だけど、あそこは水の流れがそんなに激しくないから、水が落ちる音は聞こえないと思うんだよ」

「あ、そうか」とポン助は小さな前脚で、器用に後頭部を掻《か》く。

「じゃあ、高低差がある場所かもしれませんね。水が落ちるっていうくらいだし。滝――とか？」

でも、東京二十三区にそんな風光明媚《めいび》な代物があるわけがない。そう思って前言撤回しようとする僕に、「それだよ」と狭間堂さんは言った。

「えっ、滝!?」

「あの近くの地名、知ってるかい?」

「滝野川《たきのがわ》ですわ!」

真っ先に答えたのは、ハナさんだった。

「はい、ハナさん正解。あの近くに、滝野川という地名が残っていてね。読んで字のごとく、かつて滝の名所だったんだよ」

「だったってことは、もう残ってないんですか?」

「全く残っていないわけじゃないんだ。今から、行ってみようか。ハナさん、店番をお願いするよ」

狭間堂さんはそう言って、書物を閉じて立ち上がる。

「探偵殿は何かを閃《ひらめ》いたようだね」

円さんは実に愉《たの》しそうだ。だけど、そんな円さんの腕を、狭間堂さんの意外とがっしりした手が掴《つか》んだ。

「どうしたんだい、狭間堂」

「君は目を離したら姿を消してしまうから、こうしておいた方がいいと思ってね」

「探偵殿の慧眼《けいがん》ならば、己れが何処にいようと見つけられるだろうに」

「円君は、全部来なくちゃいけないんだ。一部だけ寄越すなんていう不精はさせないからね」

狭間堂さんの表情は、確信に満ちていた。その意味深な発言に、円さんは苦笑を返したのであった。


王子近くを流れている石神井川の別名を、音無《おとなし》川という。

「王子は飛鳥山の桜も有名だったけど、音無川の紅葉も有名だったんだ。二代目の歌《うた》川広重《がわひろしげ》も、その絵を描いていてね」

狭間堂さんに連れられてやって来たのは、古びてはいるが立派な門の前だった。江戸時代の頃に造られたものだろうか。情緒たっぷりの、木造瓦《かわら》屋根だ。

『名主《なぬし》の滝《たき》公園』と書かれているが、本当に公園なんだろうか。道は整備されているものの、由緒ある家の大きな庭園のようにも思えた。

飛鳥山公園とは違い、水の気配が濃い。生い茂る緑の葉も瑞々《みずみず》しく、植物達は活《い》き活きとしていた。

「王子には、七つの有名な滝があった。そのうちの一つが、不動《ふどう》の滝。そして、弁天《べんてん》の滝、権現《ごんげん》の滝、稲荷《いなり》の滝、大工《だいく》の滝、見晴《みはら》しの滝。これらの六つは、今はもう浮世には存在しないんだよ」

狭間堂さんは、寂しそうに言った。

「でも、ここには名主の滝があるんですよね」

門を潜りながら、僕は問う。「そうだね」と狭間堂さんは頷《うなず》いた。

少し歩くと、右手に大きな池が見えて来た。辺りは静まり返っていて、僕達の足音と、小鳥の鳴き声だけが響いている。

「何だか、東京二十三区内とは思えないですね」

「この公園は、江戸時代の頃、王子村の名主さんが自宅の庭に開いたのが始まりだったんだ」

「おとめ山《やま》公園も、そんな感じでしたよね」

「そうだね。昔のえらい人が造った庭が、こうやって今も憩いの場になっていると思うと、不思議だし有り難いし、これからも大切にしなきゃって思うよね」

「そう……ですね」

昔に造られた庭が、今も浮世で受け継がれている。誰かの思い出だけに残るのではなく、今も思い出を作り続けている。多くのものが写真や伝聞でしか残らない、もしくは、跡形もなく消えてしまう中、それは稀有《けう》なことだった。

「あっ。足元が滑り易いから気を付けて」

狭間堂さんは狭い道を歩きながら、そう言った。確かに、水の気配が濃いせいか、地面がぬかるんでいた。僕は足元に注意しながら、慎重に進む。

「昭和の時代になって、精養軒《せいようけん》が所有してからは、大浴場や食堂、プールなんかもあったがね。戦災のせいで、焼失してしまったのさ」

円さんが解説を付け加える。

「円さんは、ここに来たことがあるんですか」

「総数では、何回か」

「総数……」

円さんは残留思念の集合体だし、彼を構成している残留思念が訪れた回数を総合すると、何回か来たことになるんだろうか。

「個々の記憶は思い出せるかい？」

狭間堂さんが問う。円さんは、肩をすくめた。

「いいや。混じれば記憶も曖昧《あいまい》になるさ。流石に、あれだけ派手に開設された施設が無くなった時は、比較的はっきりと覚えているがね」

「そっか……」

狭間堂さんは考え込むようにうつむく。今度は、円さんが狭間堂さんの腕を摑む番だった。

「狭間堂。己《お》れを丸ごとここに連れてきた理由、そろそろ話してくれてもいいんじゃないか？」

「……あまり、憶測で話したくはないんだけど」

狭間堂さんは円さんを、そして、こちらを見やる。だけど、僕も狭間堂さんの話は聞きたかった。肩に乗っているポン助と共に、円さんに同意するかのように頷いた。

「まあ、黙っているのも良くないよね。話すよ。ムッとしたら言って欲しいな」

狭間堂さんは、気が進まないといった面持ちで話し始める。後半の言葉は、円さんに向けてだろう。自分の憶測で円さんに失礼なことを言ってしまうかもしれないと、気を遣っていたんだろうか。

「桜の下の女のひとのことなんだけどね。ケガレをまとった亡者にせよ、アヤカシにせよ、やっぱり、お稲荷さんのお膝元《ひざもと》で放っておかれるのは、おかしいと思うんだ」

狭間堂さんは再び歩き出す。

すぐ脇で、ゆったりと水が流れている。水深も浅いし、真夏は子供が遊んでいそうだ。

水面には僕達の姿が映っていた。狭間堂さんと僕と、その肩の上のポン助、そして、影のような靄《もや》をまとった、無数の髑髏《どくろ》の塊が蠢《うごめ》いていた。

「ひっ」

思わず目をそらしてしまう。あれは円さんの本当の姿だ。

恐る恐る円さんの方を見るものの、僕のことは気にしていない。狭間堂さんの話を黙って聞いていた。

「きっと、結界が絶妙な働きをしていたんだと思う。だから、容易に感知されないし、みんなが気付けなかった」

「だけど、己れが気付いた」

「そう。そこが引っかかっていてね」

水の音がする。公園の奥から、僕達の進行方向から。大量の水が落ちるような音が。

「円君は元々、探索力に長《た》けたアヤカシじゃない」

「でも、失《う》せもの探しは得意だぜ？」とポン助が口を挟む。

「それは、円君が他の特性を活かしているのと、本人の努力の賜物《たまもの》だよ。集合霊が個々の霊魂を独立させて動かすなんて、僕が知ってる限りでは円君くらいしか出来ないし」

遠回しに賞賛された円さんだったけど、当然と言わんばかりに涼しい顔をしていただけだった。

「しかも、その個々の霊魂は、特別感覚が優れてるわけじゃない。地道に足で探しているのさ」

「足はないがね」と円さんが冗談交じりに付け足す。笑っていいところか分からなかったので、曖昧な表情で「そうですね……」と相槌《あいづち》を打った。

「なのに、己れは鬼女のことを感知した」

「そう。あの辺りをパトロールしている神狐達よりも早く」

水の音が更に近くなる。どうどうと流れるあの音は、まるで滝だ。

「それは何故かと考えた時に、思い至るものがあってね。能力とか結界とか、そんなものを遥《はる》かに超える要因があった。それは――」

狭間堂さんは、幾つ目かの橋を渡る。水の音がかなり大きくなっていたが、狭間堂さんの声はハッキリと聞こえた。

「絆《きずな》じゃないかと思って」

「絆？」と僕とポン助の声が重なる。円さんは、黙っていた。

「さてと。着いたね」

狭間堂さんは足を止める。

目の前には、滝が姿を現していた。僕の頭上の遥か高いところから、白く力強い水流が、幾重にもなって岩肌を滑り落ちていた。風が飛沫《しぶき》を運んで来る。清涼な気に満ちた、心地よい場所だった。

「本当に、滝だ……。王子にこんな場所があるなんて」

「名主の滝公園には、あと三つほど滝があるけど、この男滝《おだき》が一番大きくてね」

「ここに、あの女のひとの探していた髑髏があるんですか？」

「うーん。もう土になっているかもしれないし、掘り起こすのは気が引けるからね」

狭間堂さんは眉尻《まゆじり》を下げた。

「那由多。そんな時こそ、お前の出番じゃね？」

「あ、そうか」

過去の風景を撮れば、何かヒントになるかもしれない。それには縁がある人物がいた方がいいんだけど、ファインダーの中に髑髏がある場所が入っていれば、何とかなるだろうか。

「祖父《じい》ちゃん、力を貸して……！」

祈るような思いで、シャッターを切る。

吐き出した写真を、皆で覗《のぞ》いた。円さんは、一歩下がったところから眺めていたけれど。

「あ、あれ？」

だが、写っていたのは僕達が見ている景色と同じものだった。

「心霊写真にすらなってねぇな」とポン助が首を傾げる。

「うーん……」

狭間堂さんは扇子を袂《たもと》から取り出すと、顎《あご》を乗せて考え込む。

「水の落ちる音って、滝じゃなかったんじゃあ……」

つい弱気な声を出してしまった僕に、「いや」と狭間堂さんが首を横に振った。

「僕が、失念していたのかもしれない。彼女は、『水が落ちる音が聞こえていたのだけれど』って言ったんだよね」

僕とポン助は、狭間堂さんに頷《うなず》く。

「そうか。『聞こえていた』だから、過去形だったんだ。そうなると、初代の方かもしれない」

「初代？」と僕とポン助の声が重なる。円さんは、黙って聞いていた。

「そう。初代歌川広重が描いた滝――不動の滝だね」

歌川広重の『名所江戸百景』に、王子不動之滝という滝が描かれているのだという。音無川の近くにあったものなのだが、その滝は今はもう、無い。

それでも、狭間堂さんは僕達をその跡地へと案内してくれた。

名主の滝公園から住宅街方面にしばらく歩いて行くと、やがて、コンクリートの壁がずっと続いているのが見えるようになった。

「ここを、川が流れているんだ」と狭間堂さんが教えてくれる。

コンクリートの壁は堤防らしい。ポン助は堤防の上によじ登ると、「あ、本当だ」と声をあげた。

「ここが音無川なんだな」

「そうだね。この川に沿って行くと、ほら――」

狭間堂さんが扇子で対岸を指し示す。すると、青々と茂った木々が、こんもりと見えた。

「あそこに、何かあるんですか？」

「正受院《しょうじゅいん》というお寺があるんだ。不動の滝はね、そのお寺に所縁《ゆかり》があったんだけど」

狭間堂さんは、寂しそうにコンクリートの堤防を見やる。その滝も、天災には勝てなかったということか。

「…………ここは」

円さんが足を止める。何かを思い出したように、目を見開いていた。

僕は円さんに声を掛けようとする。だけど、狭間堂さんの扇子が、それを遮った。

「今すべきことは、問いかけじゃない。背中を押すことだよ」

「背中を押すこと……？」

「那由多君。不動の滝は、正受院の後ろの坂を下ったところにあったんだ。石神井川――つまりは音無川の、岸にね」

「じゃあ、この堤防の向こうに？」

ポン助は、堤防の上から尋ねる。狭間堂さんは、「そうだね」と頷いた。

僕はポン助に倣って、堤防をよじ登ろうとする。だけど、どんなにジャンプしても届かない。

「那由多君。こっち」

狭間堂さんは、対岸に向かう橋を見つけてくれた。僕はその欄干から、堤防の向こうの景色を見やる。

確かに、そこには川が流れていた。と言っても、左右は高いコンクリートの壁に囲われ、無機質で何の情緒もない。勿論《もちろん》、滝があった痕跡《こんせき》も見当たらなかった。

本当に、ここに滝があったんだろうか。

僕は不安な想いで狭間堂さんを見やるが、狭間堂さんは静かに頷く。僕も、頷き返すほかなかった。

正受院の辺りの堤防が入るように、ファインダー越しに風景を見つめる。かつてはそこに、滝があった。そして、あの鬼女が探していた片割れがここにいるのならば、今となってはコンクリートの下にいるであろうその人が、しっかりと写るように。

シャッターを切ると、写真が吐き出される。僕達は黙って、像が明らかになるのを待った。

「あ……っ」

徐々に現れた像に、僕は思わず声をあげる。

灰色の堤防があったはずの場所。そこには、見事な滝が流れていた。

木々に囲まれ、どうどうと流れる滝。それは名主の滝よりも、立派に見えた。写真を通して、水しぶきがこちらまで迫るようだった。

よく見ると、滝つぼ付近の水の色がおかしい。淡紅色《うすべに》で埋め尽くされ、透明感が失われている。

「あ、これは、桜か……！」

桜の花びらが、水面を埋め尽くしていた。滝の前には、着物姿の男女が立っている。女性の顔に、見覚えがあった。

「あっ、これって、あのひと……」

穏やかな表情で別人のようにすら見えたが、間違いなく、桜の下の鬼女だった。男に寄り添い、幸せそうに微笑んでいる。対する男は、線の細い若者だった。病弱そうではあったが、儚《はかな》くも幸福そうな笑みを湛《たた》えている。

「もしかして、あの女のひとの持っていた髑髏《どくろ》って……」

「本人……なのか？」

僕とポン助は顔を見合わせる。

鬼女は、手にした髑髏の片割れを探していた。その片割れは、滝の近くに眠っている。共に眠る思い出を写したら、寄り添う男女が写っていた。男は恐らく、鬼女が探していた髑髏で、もう片方は――。

「本人も、自分が誰だか分からなくなってしまっていたのかもしれないね。片割れを求める妄執だけが、彼女を常世のものとして生かしていたのかもしれない」

狭間堂さんは、悲しそうに目を伏せる。

「じゃあ、本人にそのことを伝えなきゃ」

「ああ、そうだね」と狭間堂さんは頷く。

「円さんは――」

何か気になることはありましたか？

そう尋ねようとした言葉が、それ以上続かなかった。円さんの頬に、一筋の雫《しずく》が滴っていたからだ。

「円さ――」

僕の声に、円さんはハッとしてそれを拭《ぬぐ》う。だけど、狭間堂さんが踏み出した。

「君はこの女性に縁がある人だった。だから、女性の存在を感知出来たんだ。結界の中に入り込んだのは違う人だったけれど、本当は君が行きたかったはずだ」

「や、やめろ……！」

円さんは頭を抱え、声を絞り出す。焦燥と苦悶《くもん》に満ちた彼の声は、初めて聞いた。

ポン助もギョッとしている中、狭間堂さんは続ける。

「君の未練は、この写真の女性だ。今なら、飛鳥山公園にいる。会いに行くんだ！」

「――くそっ！」

円さんは、何かを放る。いつの間に手にしていたのか。ボールのように丸いそれはコロコロと転がり、狭間堂さんの足元でぴたりと止まる。

「ど、髑髏だ！」

ポン助は悲鳴じみた声をあげる。そう、円さんが放ったのは、髑髏だった。煤《すす》をまとったように黒ずんでいて、かすかにおにぎりが腐った時のような臭いがする。と言っても、おにぎりを腐らせたことはない。要は、ケガレの臭いということだ。

「その頭蓋骨《ずがいこつ》って……」

「実体じゃなくて、残留思念の塊さ」

狭間堂さんはそう言って、何の抵抗もなく髑髏を拾う。表面を軽く払ってやると、少しだけ、ケガレの臭いが離れていった。

「そして、桜の下の女のひとの探していた相手だよ」

「それじゃあ――」

僕とポン助は、円さんの方を見やる。円さんは肩で息をしていた。髪は乱れ、いつもの余裕は失せ、狭間堂さんを憎悪の眼差《まなざ》しでねめつける。

「狭間堂……！」

「手荒なことをしてごめん。怒りなら、後で僕に幾らでもぶつけて構わないから」

狭間堂さんは、本当に申し訳なさそうに頭を下げる。円さんはしばらく狭間堂さんを見ていたが、やがて、舌打ちとともに一歩下がった。

「そいつはくれてやる。貸し一つだ」

「……分かった」

ざあっと濁った風が吹き荒れる。思わず目をつぶったその一瞬で、円さんの姿は失《う》せていた。

狭間堂さんは、長い溜息《ためいき》を吐いた。

「どういうこと、なんですか……？」

僕が問うと、狭間堂さんは姿勢を正す。

「円君の中に、探し人がいたのさ。随分と混じっていたようだから、すっかり無意識の中に埋没していたみたいだけどね」

「円さんを構成している残留思念の一つだった、ってことですか？」

「そう」と頷《うなず》きながら、狭間堂さんは髑髏をしっかりと抱いた。

「覚えのある風景を見て、ようやく思い出したみたいだ。円君には、悪いことをしたけど……」

「あいつのあんな顔、初めて見たぜ」

ポン助は、信じられないと言わんばかりに、円さんがいた場所を眺めていた。

「円君を構成している魂が、一つでも自意識を強く持ってしまうと、円君の人格を保てなくなるからね。だから、こうして個性が強くなった部分を置いて行ってくれたのさ。かなり、荒々しいやり方だと思うけど……」

狭間堂さんは困ったように笑うと、踵《きびす》を返す。

「さて。探し物は見つかったし、飛鳥山公園に行かないとね。那由多君とポン助君も、来るだろう？」

「お、おう。あのおねーさん、おっかないけど行くぜ！」

美人だしな。とポン助が付け足したのを、僕は聞き逃さなかった。

「僕も行きます。関わった以上、見届けたいですし」

「うん。それじゃあ、行こうか」

狭間堂さんはこちらを振り向かないまま、堤防を背にして歩き出した。

声はいつもの調子だったけど、表情はどうだったんだろうか。僕には、狭間堂さんの背中が、葛藤《かっとう》しているようにも見えたのであった。

僕達は、飛鳥山公園にやって来た。

僕とポン助が入り込んだところから、今度は狭間堂さんも踏み込んだ。一面の桜の森と、夜空が僕達を迎える。

「すごいな」と狭間堂さんは呟《つぶや》いた。

「僕が入れるかどうか気になっていたんだけどね。そういうことか……」

「一人で納得しないで下さいよ、狭間堂さん」

「この人さ」

狭間堂さんは、しっかりと抱えていた髑髏を見せる。僕は思わず、目をそらしてしまった。

「っと、すいません……」

「無理もないよ。実体じゃないけど、見た目はご遺体だし」

狭間堂さんは、苦笑をしながら髑髏をしまう。

「この桜の森を生み出している女性と強い縁を持つ、この人と縁を持った者だけが入れるみたいだ。きっと、女性がこの人を呼んでいるからだろうね。神狐らが気付けなかったのも、その所為《せい》かも」

「あ、なるほど……」

僕達は、円さんと縁があった。今や髑髏となり果てた片割れの男性を取り込んだ、円さんと。

桜の森は、ぞっとするほどに美しかった。だけど、今度は恐ろしい幻覚を見ることはなかった。狭間堂さんが、そばにいたから。

しばらく歩くと、あの鬼女が座っていた。己の髑髏《どくろ》を携え、はらはらと降る花びらを弄《もてあそ》んでいた。

「坊、探し物は見つけてくれたかえ？」

鬼女はゆらりと振り向く。黒髪が頬にかかるさまが、やけに艶《なま》めかしい。

「見つけたよ」

僕の代わりに、狭間堂さんが進み出た。

「おや、ずいぶんと男前だね。お前が私の探し物を見つけてくれたのかえ？」

「そうだね。ここのふたりに頼まれたからね。君の大切な人と、思い出を連れて来たのさ」

「思い出？」

鬼女が一歩踏み出す。絨毯《じゅうたん》のように拡がった桜の花びらが、ざあっと波のように引いた。彼女はとても美しいのに、近づかれる度に胸が苦しくなる。まるで、土の中にでも埋められているかのように、息苦しかった。

「君の探していたのは、この人じゃないかい？」

狭間堂さんは怯《ひる》むそぶりも見せず、彼女に髑髏を差し出す。

「そして、君が失くしてしまったのは、この思い出じゃないのかい？」

僕の写真を、狭間堂さんは見せる。その瞬間、鬼女は言葉を失った。

「お、おおお……」

艶めかしい表情が失せ、言葉にならない声が漏れる。彼女はフラフラとした足取りで近づいたかと思うと、狭間堂さんが持っていた写真をひったくった。

「これは……これは……」

「生きていた頃の君と、生きていた頃の彼じゃないかい？」

狭間堂さんは、彼女が手にした髑髏と、自分が手にした髑髏の視線を合わせる。彼女もまた、その二つを交互に眺めていた。揺れ動く、双眸《そうぼう》で。

「なんということ……。この髑髏こそ、私……」

桜の森が、ざわざわと騒がしくなる。肩の上のポン助は、ぎゅっと僕の服を握りしめた。僕はその手を、上からそっと握ってやる。

「そうだ……。あの人は病気だった。それでも、外に出たいとよく私にせがんでいた……。だから私は……」

「よく、一緒に散歩をしていたのかな。風光明媚《めいび》な、この辺りで」

女性は首だけ縦に振る。

「将来を……誓い合った。でも、あの人は死んでしまった……。私はあの人がいつでも美しい景色を見られるようにと――」

女性の視線は、写真に写る滝から動かない。皆まで言わなくていいと言わんばかりに、狭間堂さんは首を横に振った。

きっと、女性はこっそりと、相手の男性の遺体を不動の滝のそばに埋めたのだろう。写真を見て、それを思い出したのだ。

「どうして忘れていたんだろうね……。こんなに近くにあったのに、私はずっと……」

「自分で埋めた場所が分からなくなって、ずっとさまよっていたんだね」

女性は、はらはらと涙をこぼす。落ちて来る桜の花びらが頬に張り付くが、気にする素振りも見せない。

片割れを失った女性は、喪失感のあまり記憶を失っていた。還《かえ》らぬ片割れを探し、いつの日か境界に迷い込み、この世ならざる者になっていた。

「あの人と見た桜が忘れられなかった。だけど、桜は美しいばかりじゃない。私は怖かったんだ。それを、あの人は大丈夫だよと抱きしめてくれた……」

「『桜の森の満開の下』でも、桜の木の下は怖ろしい気分になると書いてあった。昔も今も、桜の木の下となると、人はどうも平常心ではいられなくなってしまう。我を忘れてどんちゃん騒ぎをする人達だって、普段からそうじゃないだろう？　桜というのは、そういうものなのさ」

目の前の女の人にと言うよりは、僕達に語りかけるように、狭間堂さんはそう言った。

「もう、逝《い》くべき場所に行けそうかい？」

狭間堂さんの問いに、女性は少しばかり迷う素振りを見せる。だが、その時だった。

どういうわけか、狭間堂さんの腕の中から、髑髏が飛び出したのだ。

「あっ……」

髑髏はそのまま、女の人の腕の中に飛んで行く。女の人のものと思《おぼ》しき、髑髏に向かって。

――大丈夫だよ。

聞いたことのない、けれど、とても優しい男の人の声が、夜空に響く。二つの髑髏が触れあった途端、女の人の表情は、歓喜に満ち溢《あふ》れた。

「もう、離さないよ」

二つの髑髏を抱きしめた瞬間、地面にあった桜の花びらが風にさらわれる。嵐のように舞い上がる花びらで、窒息しそうだ。

「ひええ、那由多～」

「ポン助！　しっかり摑《つか》まって！」

後ろ脚が浮いているポン助をしっかりと抱き、狭間堂さんの方を見やる。狭間堂さんは羽織をはためかせながらも、微動だにしなかった。

やがて、周囲が明るくなる。桜の森は失《う》せ、緑の木々がさわさわと揺れていた。

「逝ってしまったようだね」

狭間堂さんは何処か安堵《あんど》するように、落ちていた写真を拾う。

辺りには、女性の姿も髑髏もない。空もよく晴れて、陽が射していた。遠くから子供達が遊ぶ声や、都電のベルの音が聞こえて来る。

「那由多君。これも写真館に飾りなよ。とても良い写真だ」

狭間堂さんから、残されていた写真を受け取る。

仲睦《なかむつ》まじそうな男女は、いつの間にかこちらを向いて、微笑んでいた。そして彼らの足元が写っている場所には、一枚だけ、色鮮やかな桜の花びらが張り付いていたのであった。

翌日、大学の講義を終えた僕は、華舞鬼町の雑貨屋に寄った。不動の滝の写真を飾るためだ。

雑貨屋に入るなり、ハナさんが迎えてくれる。

「いらっしゃいまし！　那由多さん、ご覧ください！」

ハナさんは大きな紙をぺらりと一枚掲げる。それは、華舞鬼町新聞だった。

「あっ!」

一面に大きく、『狭間堂　鬼女を撃退す!』という記事が載っていた。そして、狭間堂さんと、舞い上がる桜の花びらの写真も。

「撃退って……。説得に近いんだけどなぁ」

「そこは、インパクトの強い見出しの方が読んで貰《もら》えるからだと思いますわよ。記事を読むと、ちゃんと経緯が書いてありますし」

「まあ、そこは浮世と同じですね」

「そんなことより」とハナさんは写真の端っこを指さす。

「ここに、那由多さんが写っておりますわよ!」

「えっ、本当だ……けど……」

確かに写っている。だけど、ポン助が僕にしがみつき、僕もポン助にすがりついているみたいな、お世辞にもカッコいいとは言えない写真だった。

「……円さん、ちゃんと来てたんだ」

「そのようですわね。こんな写真が撮れるのは、華舞鬼町では円さんくらいですから」

見下ろすようなアングルだから、木の上から撮ったんだろう。狭間堂さんの、見守るような、切ないような表情が、とてもよく写し出されていた。

そして、舞い上がる桜の花びらは美しかった。綺麗《きれい》なのに、見つめていると胸がいっぱいになって、涙が出そうになった。

「これが、円さんの写す真実なのかな……」

僕は、ファインダー越しにその人の、その場所の思い出を覗《のぞ》こうとしている。でも、円さんはファインダー越しに、何を覗こうとしているんだろう。

あのひとの真実って、一体何だろう。

「……狭間堂さんは？」

店内を見回すが、姿は見当たらない。

「二階ですわ。読書に集中したいと申しておりましたの」

「あ、そうなんですね。邪魔したら怒るかなぁ……」

「大丈夫ですわよ。那由多さんが遊びに来たと知ったら、喜ぶと思いますわ！」

ハナさんは自信たっぷりにそう言った。僕は少し照れくさいと思いながらも、ハナさんに促されるように、階段を上る。

二階に通じる階段は狭い。読書の邪魔をするのも悪いので、足音を立てぬように木造の階段を上る。

すると、声が聞こえて来るのに気付いた。

（あれ？　狭間堂さんの独り言……なわけないよね？）

声は二人分だった。

階段を上がると、廊下があった。声は、奥の部屋からしている。回れ右をして階段を降りようかとも思った。だけど、好奇心に負けて、そのまま扉の隙間から、こっそりと中を覗いてしまった。

本をめいっぱいに詰め込んだ本棚と、最低限の家具が並んだ和室が見える。その外に面したテラスに、狭間堂さんがいた。その横には、円さんがいる。テラスの手すりに腰かけ、色眼鏡もしないで風に当たっていた。

ハナさんは円さんのことを言わなかった。ということは、円さんはテラスから入り込んだのだろうか。

本当に神出鬼没だなと思いつつ、ふたりの会話に耳を傾ける。

「昨日は、本当に悪かったね。君を騙《だま》し討ちする形になってしまって」

「それは別に気にしてない。気付けなかった已《お》れが間抜けなのさ」

円さんは自嘲《じちょう》気味にそう言った。

「気に喰《く》わないのは、已れの一部を持って行かれたことかな」

「それも、すまないと思ってる。でも――」

狭間堂さんは、テラスの手すりに身を預ける。円さんの方を向いている所為《せい》で、その表情はうかがえない。

「僕は君の中の残留思念を、一つでも多く、逝くべき場所へ導きたいんだよ。生き物の未練は特に、ケガレになり易い。君がまとっているケガレも、いずれは背負えないほどになってしまう。そうなる前に、どうにかしたいんだよ、円君」

切実な願い。狭間堂さんのそんな気持ちが、そこに含まれているように思えた。

だけど、円さんは皮肉っぽく笑う。

「一つ欠ければ己れの存在は小さくなる。全て喪《うしな》われれば、己れは己れでいられなくなる。己れは己れのままいたいんだよ、狭間堂」

「ケガレが強くなったら、また、君は君でいられなくなるのに？　君がそうなってしまうのは、僕は……嫌だな」

「だが、手足を一本一本もいでいく行為も、残酷だとは思わないかい？」

円さんは、わざとらしく底意地の悪い笑みを浮かべる。

狭間堂さんが返したのは、沈黙だった。円さんもまた笑みを消すと、狭間堂さんから視線を外し、遠くを眺める。

僕はそんな空気に立ち入ることが出来ず、黙ってその場を離れたのであった。

第三話　那由多と風鈴の街

風鈴祭り。

携帯端末でSNSのアプリを眺めていると、そんなイベントの話題が流れて来た。

どうやら、西新井大師《にしあらいだいし》でやるお祭りらしい。

「全国から集められた風鈴を販売するイベント――か」

イベントを紹介しているサイトまで飛び、紹介文を読んで納得する。サイトには、風鈴祭りの情景と思《おぼ》しき写真がたくさん掲載されていた。

「わぁ……」

涼やかな風鈴が藤棚のような場所にずらりと並ぶ姿は、圧巻だった。写真を見るだけで、あの心地よい音色が聞こえてくるようだった。

「こういう写真、撮りたいなぁ」

思わず、そう呟《つぶや》いてしまう。

僕がいるのは、祖父の写真館だ。と言っても、『元』を付けた方が良いのかもしれないけど。

祖父母の家の一角には、小ぢんまりとした写真館がある。家の一角を使っているところは、狭間堂さんのところとあまり変わらないなと思った。

曇りガラスの窓から、通行人の影がちらほらと見える。

もう夕方だ。家路につく勤め人だろうか。写真館の入り口である扉には鍵《かぎ》がかけられ、すっかり開かずの間になっているけれど、昔はそこから入って来る人が何人もいたのだろう。祖父に、写真を撮って貰《もら》うために。

その時活躍したであろう機材は、今やすっかり布を被《かぶ》り、物置と化した写真館の片隅で眠っている。

「お祭りは始まったばっかりなんだ。写真、撮りに行こうかな」

勿論《もちろん》、祖父のカメラと一緒に。そうすれば、祖父と一緒に風鈴祭りに行った気になれるから。

「とは言え、あとひとり欲しいところだよな。絶対、オシャレ系の男女で溢《あふ》れかえってるだろうし」

手には、祖父のインスタントカメラがあった。

こうして、祖父の遺品に囲まれていると、祖父に相談をしているような気になれる。アドバイスは無理だとしても、相槌《あいづち》を打ってくれているように思えるから。

「あっ、こんなところにいた」

そんな僕の聖域に、ひょっこりと入って来る者がいた。姉だ。

「な、何だよ。いきなり入って来るなよ！」

家の廊下に繋《つな》がる扉から顔を出す姉に、僕はつい抗議の声をあげてしまった。

「晩ごはんの献立について聞きに来たのに」と、姉は不服そうに反論する。

「そうめんと冷やし中華、どっちがいい？」

「えっ、その二択なの？」

「だって、今日も暑いじゃない。お祖母《ばあ》ちゃん、麺類《めんるい》で済ませたいんだってさ」

姉は手で自分を扇ぎながら言った。

「完全に夏の献立だよな。まだ、梅雨明けしてないのに」

「文句言ってないで、早く決めてよ」

「文句じゃないし。ただのコメントだし……」

僕は口を尖《とが》らせながら、「じゃあ、冷やし中華」と答えた。

「あ、冷やし中華に二票、そうめんに二票か。お父さんの返信に期待かな」

姉曰《いわ》く、僕と母が冷やし中華に、姉と祖母がそうめんに票を入れているらしい。どちらになるかは、今仕事をしている父のメールにかかっている。

「ま、別にどっちでもいいけどさ。食べられれば、何でも」

「あんたはいつもそう言うわね。好き嫌いが多いくせに」

姉はあきれたように溜息《ためいき》を吐いた。

「で、あんたはそんなところで何してたの？」

いきなりの切り替えに、「えっ？」と目を丸くしてしまった。

「いや。そこって冷房も無いし、暑いじゃない。そんなところでぼんやりしてたのには、何か理由があると思って」

姉は目敏《めざと》い。悩みごとがある時は、大体こんな調子で尋ねてくる。

だからこそ、少し苦手だった。男には、一人で考えごとをしたい時もある。気遣い自体は、有り難いんだけど。

「別に、何でもないし」

「何でもなくないって、顔に書いてある」

写真館から引き上げようとする僕に、姉は更に追撃をする。これは、食卓でもしつこく聞かれるパターンだ。

「……あのさ」

「うん？」

「西新井大師の風鈴祭りって知ってる？」

「知ってるわよ。私、友達と行く約束したもん」

「ああ、友達と……」

先約が入っているのか。

いや、こんなに小うるさい姉と行こうだなんて、思いもしなかったけど。

「やっぱり、みんな、友達と行くんだね」

「あんたも行くの？」

「いや……別に」

僕は顔をそらすが、姉は「ふーん」とこちらをじろじろと見つめる。その視線で、穴が開いてしまいそうだ。

だが、しばらく無視をしていると、「ま、いいけど」と姉の方が引き下がってくれた。

「西新井大師って、弘法《こうぼう》大師様が悪疫に悩まされている人達のために、自分の像を枯れ井戸に安置して祈禱《きとう》を唱えたら、綺麗《きれい》な水が湧いて悪疫が去り、めでたしめでたしってところでしょ？」

「すごいな、姉ちゃん。何でそんなこと知ってるの」

「お祖母ちゃんから聞いたのよ」

なんだ。驚いて損した。

「で、あんたは誰と行くの？」

姉は引き下がっていなかった。びっくりして思わずそちらを見ると、姉の表情は妙にやらしかった。

「そこまで話をそらそうとするなんて、もしかして、デート？」

「違うし。どうしてそっち方面に話が進むんだよ……」

「それじゃあ、狭間堂さんと一緒とか」

得意顔でそう言う姉に、僕は噴き出しそうになる。

「ど、どうしてここで狭間堂さんが出てくるんだよ！」

「えっ。だって、あんたの知り合いなんて、それくらいしか知らないし」

ああ、なるほど。それなら仕方がない。

「大学では友達出来たの？　あんたの外出の理由、狭間堂さんのところに行くっていうのしか聞いたことないけど」

姉の鋭い指摘に、僕はぐっと息を詰まらせる。

「そ、それなりには出来たかな」

「ふぅん」

姉は不審な眼差《まなざ》しでこちらを見ている。僕はそっと目をそらした。

「SNSではそれなりに交流があるみたいだけど、同じ学校の友達も作らないとダメよ。大学生活なんて、小学校の次に長いんだから。下手すると、それ以上長くなる人もいるけれど」

「そうなったら笑えないな……」

「そうならないためにも、友達を作るの。そしたら、風邪で講義を欠席した時も、ノートを見せて貰《もら》えるし。自分がいなかった時の情報を交換し合うようなネットワークがないと、大学は大変よ」

確かに、大学には学級日誌も担任の教師もいない。

「大学生活は、社会人生活の第一歩。コミュニティ作りの場所ってわけ。だから、一人でもいいから、まずは友達を——」

「出来たし」

「えっ?」

「友達と、風鈴祭りに行くから」

僕はそう言って、姉の前を横切り、自室を目指す。僕の後ろからは、姉の「良かったじゃない!」という声が聞こえて来た。

手放しに喜んでくれるその声に、罪悪感が募る。姉相手に見栄を張りたくて、ついつい、友達が出来たことにしてしまった。

実際には、友達が出来たことにしてしまった。

実際には、まだ、馴染《なじ》めていないのに。同じ学科の人間と、まともに喋《しゃべ》ったことすらないというのに。

「友達……か」

そもそも、友達ってなんだろう。

オンラインでは交流がある人間はいるが、友達と言っていいのか分からない。

寧《むし》ろ、何処からが友達で、何処までが友達じゃないんだろう。小学校くらいまでは、お互いの関係を明確に友達と言っていた気がするが、いつしか、その境界が曖昧《あいまい》になっていた。

（狭間堂さんは、友達って感じじゃないしな）

狭間堂さんからは教わることが多い。先生と生徒、つまりは、師弟関係に似ているんだろうか。ポン助は、友達と言ってくれたから、友達だ。遠慮のない距離感も、友達っていう感じがする。

ハナさんは友達だろうか。でも、肩を並べるというよりも、僕が見上げるような、近所のお姉さんという距離感だ。

円さん……は、違う気がする。寧ろ、円さんに『友達』と言われたら、要注意だ。何か企んでいそうだから。

「友達って、難しいな……」

今挙げたのも、華舞鬼町のひと達だ。浮世の人間と関係を結ぶのを、この数カ月間、ずっと怠っていた。

「友達の作り方、忘れちゃったなぁ」

どうやったら、輪の中に入れるんだろう。どうやったら、気兼ねなく話せるようになるんだろう。

募る不安を胸に、僕は自室へと戻り、しっかりと扉を閉めたのであった。

結局、華舞鬼町の雑貨屋にやって来てしまった。

奥の座敷で、ハナさんに淹《い》れて貰ったお茶を啜《すす》りながら、狭間堂さんの手が空くのを待つ。肝心のハナさんは、表の掃除に行ってしまった。

我ながら情けない。そう溜息《ためいき》を吐いた時、「有り難う御座いました」と狭間堂さんの声が店内に響く。お客さんのお会計が終わったのだ。

お客さんが店の外へと消えるのを確認すると、狭間堂さんはこちらにやって来てくれた。

「那由多君、今日もよく来てくれたね。先日、こんなものを買って来たんだ。君にもおすそわけだよ」

狭間堂さんは奥に引っ込んだかと思うと、何かを手にして戻って来た。僕はそれを受け取る。

「お煎餅《せんべい》……？」

「そう。銚子《ちょうし》電鉄のぬれ煎餅だよ」

狭間堂さんは笑顔だ。銚子と言えば、千葉の地名だった気がする。確か、北東のでっぱりの辺りだっけ。

「相変わらずの千葉推しだなぁ」

「千葉県出身だから仕方ないね」

「郷土愛に溢《あふ》れてて、いいと思いますけど……」

僕はそう言って、ぬれ煎餅の包装を破る。ぬれ煎餅とはよく言ったもので、濡《ぬ》れたようにしなっていた。

「何だか、不思議なお煎餅……」

頂きます、と断りを入れ、一口だけ口にする。歯を立てると、ふにゃっという独特の感触がした。

「……っ！　しょっぱい！」

「あっ、お茶と一緒に食べるといいよ」

「先に言って下さいよ……！」

促されるままに、ハナさんの淹れてくれたお茶を啜った。すると、煎餅にしっかりと染みた醬油《しょうゆ》の味がお茶と混ざり、しょっぱさとほろ苦さが絶妙になる。

「あ……、美味《おい》しい」

「でしょう？」

狭間堂さんは誇らしげだ。

「単品で食べると、流石にしょっぱいからね。僕も濃いお茶と一緒に食べてるんだ」

狭間堂さんは僕の向かい席に座ると、自分の分のぬれ煎餅の包装を破く。

「そう言えば、狭間堂さん？」

「うん？」

ぬれ煎餅を口にしながら、狭間堂さんがこちらに視線をくれる。

「風鈴祭りって知ってます？　西新井大師の……」

「ああ、知ってるよ。色んな風鈴が見られて、面白いよね」

好感触だった。僕が喜んだのも束の間、新たな問題にぶち当たる。

さて、これからどう話題を持って行けばいいんだろう。

狭間堂さんを誘うにも、姉の言う通りになって悔しい。だからと言って、ハナさんを誘うのも何かが違う。都電とは言え女の子の姿をしているので、一緒に行くのはデートみたいで気恥ずかしい。

心の中で思い悩む僕をよそに、狭間堂さんが話を進める。

「うちにも一つ、綺麗《きれい》な音色の風鈴が欲しいと思ってね」

「あ、そうなんですか。それなら、僕も――」

渡りに船だ。名付けて、便乗作戦である。

たまたま予定が空いていたという偶然を装って、ちゃっかり狭間堂さんと一緒に行こういう作戦だ。何だかんだ言って、狭間堂さんと一緒ならば、多少の視線にさらされても平気だ。狭間堂さんが風鈴を選ぶ傍らで、僕は風鈴祭りの様子を写真に収めればいい。

だけど、狭間堂さんは申し訳なさそうに眉尻《まゆじり》を下げる。

「えっと、ごめん。ひとと行く約束をしててね」

「えっ⁉」

僕は目を丸くする。「でも、大丈夫」と狭間堂さんは素早くフォローをくれた。

「僕がそのひとに話を通しておくよ。人数が多い方が、賑《にぎ》やかで楽しいしね」

「そ、それは……」

狭間堂さんの、人が好《よ》さそうな笑顔が辛《つら》い。

話の雰囲気からして、狭間堂さんは誰かと二人で行くつもりだったのだろう。その相手が誰だか分からないけれど、もしかしたら、相手から誘われたのかもしれない。

（もしその相手が、狭間堂さんと二人っきりが良いんだったら、僕は完全にお邪魔虫だしな……）

狭間堂さんは、自分に向けられた好意に鈍感そうだ。その相手の真意に気付いていない可能性もある。

「ぼ、僕は別に、い、いいです」

「そうかい？　ああでも、日にちをずらせば良いかな。那由多君は、土日の方がいい？」

狭間堂さんが壁に掛けられたカレンダーを眺めるので、「いえいえいえ、そこまでお気遣い頂くわけには！」と首を激しく横に振った。

「それに、他に当てがありますし！」

「そうかい？　まあ、人手が必要だったら遠慮せずに言ってね」

「ふぁい……」

ぬれ煎餅を口に突っ込むが、最早《もはや》、味がしない。醤油味を感じているほど、心に余裕が無かった。

そんな風に言われたら、逆に頼めない。

（ポン助にでも、声を掛けてみるか……）

ぬれ煎餅を平らげた後、丁度切らしていたボールペンを買って、店を出る。

大学の帰りに寄ったので、空はすっかり黄昏《たそがれ》色だ。遠くに見える十二階からは、煌々《こうこう》と灯《あか》りがこぼれていた。きっと、あの麓《ふもと》は賑わっていることだろう。

大通りに沿って歩いて行くと、堀の周りに蛍が飛んでいるのが見えた。

「ポン助」

水面に向かって名前を呼んでみると、「どうしたんだよ」と声がかかる。ただし、後ろから。

振り返ると、カワウソ姿のポン助が、「よぉ」と短い前脚を上げて挨拶《あいさつ》をしてくれた。

「魚でも獲《と》ろうとしてんのか？」

「ポン助が水の中にいると思ったんだよ……」

水面を覗《のぞ》き込むような体勢から、さっさと身を起こす。

「おれは魚じゃないし、ずっと水の中にいないって。それに、丁度、出掛けてきたところなんだ」

「へぇ、何処に？」

「西新井大師」

「ええーっ」

思わず大声を出してしまう。ポン助は器用に前脚で耳を塞《ふさ》ぎ、つぶらな瞳《ひとみ》を瞬《しばた》かせていた。

「ど、どうしたんだよ」

「いや……。えっと、やっぱり風鈴祭りに？」

「そう。隣町の知り合いと一緒に」

ポン助が頷《うなず》くのと、僕がくずおれるのは、ほぼ同時だった。

「最後の頼みの綱が……」

「ちょ……、何があったんだよ。困ったことがあったら、手を貸すぜ？」

ポン助は、僕の周りをちょろちょろと走りながら、気遣ってくれる。

手を貸してほしかったが、それは叶《かな》わぬ願いとなってしまった。流石に、ついさっき行って来たばかりのイベントに誘うのは気が引ける。

（そうなると、あとは……）

円さんの顔が過《よぎ》ったが、すぐに脳裏から消し去った。そもそも、そんな仲でもない。仮に誘ったとしたら、断りはしないものの、十倍以上の面倒ごとにして返してくれそうだ。

（僕の心の平穏の為にも、駄目だ……）

そうするともう、手詰まりだ。

僕は地面に膝《ひざ》をつきながらひっそりと、一人で行くことを決意したのであった。

別に、風鈴祭りに行かなくてもいいじゃないか。

内心ではそう思うものの、僕はすっかり意地になってしまって、一人で風鈴祭りに行くことにした。

その日は土曜日。いっそ、すがすがしいまでに快晴だった。梅雨なんて吹き飛んでしまったんじゃないだろうか。

僕がいるのは、池袋駅東口のバスターミナルだった。どうやら、ここから西新井大師前まで、バス一本で行けるらしい。

上空からは容赦ない日差しが降り注ぎ、アスファルトからは照り返しと熱気が解き放たれている。日傘をさす人や、半袖《はんそで》を着ている人が目立った。

「あ、あれ。久遠寺《くおんじ》君」

僕がバス停の近くで待っていると、聞き覚えのある声がかかる。振り返ってみると、ひょろりとした気弱そうな男子が、希薄な笑顔で立っていた。

誰だっけ。

一瞬だけそう思うものの、記憶の糸を全力で手繰り寄せ、その人物の正体を知る。

「えっと、柏井《かしわい》君……？」

相手は頷いた。確か、同学科の柏井君だ。下の名前はうろ覚えだけど。

「よかった。人違いだったらどうしようかと……」と柏井君は胸をなでおろす。

「はは。覚えていてくれてありがとう」

「こちらこそ」と柏井君はぎこちなく微笑む。

彼の仕草を眺めながら、大学での彼を思い出していた。確か、柏井君も僕と同じく地味系男子だ。あまり群れに入ろうとはせず、昼休みは、一人で黙々と食堂でご飯を食べている。

いつも気後れしたような顔をしていて、他人とコミュニケーションをとるのが苦手そうだな、と思いながら眺めていたので、何となく覚えていた。尤《もっと》も、その眺めている僕も、同じような状態なんだけれど。

そんな内気男子の柏井君が、どうして僕に声を掛けたんだろう。嬉《うれ》しいけれど、不思議だった。

だけど、柏井君の後ろを見て納得した。彼の背後には列が出来ていて、丁度、僕の後ろに柏井君が並んでいた。これは、相手が知り合いならば、話しかけないと逆に気まずいシチュエーションだ。

「きょ、今日は暑いね」と僕が話題を振る。

「う、うん」と柏井君が頷く。

「…………」

「…………」

会話終了。

いっそのこと、放っておいて欲しかったかもしれない。

沈黙が気まずいけれど、何を話したらいいか分からない。僕は、柏井君のことを何も知らないのに。

「その、何処に行くの？」

何とか話題を捻《ひね》り出す。バスが来るまでの辛抱だ。もしくは、別れるまでの辛抱だ。

それまで、何とか会話を持たせよう。学食のメニューは何が好きかということと、夏は例年よりも暑くなるらしいという話題で、時間稼ぎをすればいい。

ところが、僕の質問に対して、柏井君はこう答えた。

「えっと、西新井大師に行くんだ」

「ああ、西新井大師……」

一瞬だけ、気が遠くなる。暑さのせいだろうか。

「ぐ、偶然だね。僕もなんだ……」

「そ、そっか。それじゃあ、目的地まで一緒に行こうか……？」

柏井君がそう切り返す。目が完全に泳いでいた。きっと、僕と同じ気持ちになりながらも、いい方便が浮かばずに、定型文のごとき繋《つな》ぎ方をしてしまったのだろう。

「そ、そ、そうだね」と僕はぎこちなく頷く。

お互いに引き下がれなくなった僕達の前に、ようやく西新井大師方面に行くバスが到着したのであった。

バスに揺られ、僕達は西新井大師に向かう。

バスの中はひんやりとしていた。エンジン音に混じって、冷房がフルパワーで動く音がする。

二人席で、二人で並ぶものの、会話が無かった。

(気まずい……)

携帯端末を弄《いじ》るのも、相手に悪い気がして憚《はばか》られる。後ろの席ではご婦人二人組がぺちゃくちゃと喋《しゃべ》っていて、余計に気まずかった。

(そもそも、どうして一人で風鈴祭りに……?)

柏井君の方をチラリと見やる。するとあちらもこちらの様子を窺《うかが》おうとしたらしく、視線がぶつかってしまった。

「ご、ごめん」と思わず謝る。

「こ、こっちこそ」と柏井君が目をそらす。

なんだこれ。うぶな男女じゃないんだから。

「そう言えば、さ……」と僕が尋ねる。

「な、なに?」と柏井君が身構えた。

「風鈴祭りには、何をしに行くの?」

「風鈴を買いに……」

だよね。そうだよね。と、心の中で頷く。

風鈴祭りに行く理由なんて、限られているはずだ。涼を求めて行くか、風鈴を買いに行くか、デートをしに行くかというくらいか。写真を撮りに行くのは、ごく一部だろう。

「そっか。風鈴、全国から集められるって言うしね。普通のところじゃ買えない風鈴を探しているの……？」

そう、僕は問う。

会話を終了させないで、発展させることが出来た。えらいぞ、那由多。一歩前進だ。

だけど、柏井君はおもむろに目を伏せた。

「そ、それは……」

あれ？　聞いちゃいけないことだった？

柏井君は、「まあ、そう……かな」と曖昧《あいまい》に頷いて、それっきり黙ってしまった。

会話がまた終了してしまった。

一方、バスは家電量販店やパチンコ屋の前を通り過ぎ、池袋から西巣鴨へ向かう大通りを走る。風景はあっという間に、高層ビルがひしめく都心から、マンションと古いアパートや一軒家が入り交じる住宅街に切り替わった。

「あ、あの、久遠寺君」

僕が会話のきっかけを探していると、柏井君の方から話題を振ってくれた。

「久遠寺君は、いつも、何してるの？」

「何って……」

「あっ、その、講義の間にスマホを弄ってることが多いから」

柏井君は恐縮するようにそう言った。

「大したことはしてないよ。ソーシャルゲームをやってたり、写真をSNSにアップしてたりって感じかな」

「写真⁉」

柏井君が目を輝かせる。

「いい趣味だね。ど、どんな写真を撮ってるの？」

「風景の写真とか……」

思わぬ食いつきだ。ぐいぐいと来る柏井君に、僕は思わず引いてしまう。

「もしかして、インスタをやってるの？」

「ツイッターかな。あっちはオシャレ系だし、ちょっと怖くて……」

「ぼ、僕もアカウントを持ってるんだ。良かったら、繋がらない？」

柏井君は携帯端末を取り出す。

「いやいや、待って！　どっちかと言うと、ゲームのスクショの方が多いから！　楽しいアカウントじゃないから！」

僕は思わず声をあげる。すると柏井君は、「そっか……」と寂《さみ》しそうに引き下がった。

僕が暗にお断りしているのを察したのだろう。柏井君の表情を見て、申し訳ないことをしたと猛省する。

でも、オフラインで繋がっている相手と、オンラインで繋がるのは気まずい。くだらない呟《つぶや》きばかりしているとは言え、本音を書き散らかしている場所だ。そこを見られたら、丸裸も同然である。

あと、ゲームのスクリーンショットが多いのも事実だ。

「ごめんね」

先に謝ったのは、柏井君の方だった。

「僕、ずっとSNSに張り付いてるからさ。繋がりが出来ると良いなと思って、つい」

「う、ううん。僕こそ、何ていうか、ちゃんとしたアカウントだったら繋がりたかったんだけど……」

「ちゃんとしたアカウントなんて、企業や有名人だけで充分だよ。僕ら一般人が、そんなところまでちゃんとする必要ないって」

柏井君は苦笑してから、こう続けた。

「オンラインは、顔を合わせなくていいから、気兼ねなく発言出来るんだよね。それが、心地よくてさ。だからと言って、他人を傷つけちゃいけないし、最低限のマナーは守らないといけないんだけど」

「それ、分かるな。僕は他人と目を合わせるのが怖いから、オンラインは助かるよ。

ライブチャットなんかだと、多分ダメなんだろうけど」

僕の意見に、「分かる」と柏井君は頷《うなず》いてくれた。

「あと、黙って繋がれるのもいいよね。僕は、他人が撮る風景を見るのが好きでさ」

柏井君はそう言った。だから、僕のアカウントの話題に食いついてきたわけか。でも、その気持ちも分かる。僕だって、一方的に眺めているアカウントがいくつかあった。

「僕も、動物の画像や動画を載せるアカウントが好きでさ。よく覗《のぞ》いてるな。うちではペットが飼えないけど、ペットを飼ってる気になれるし」

「動物……か」

柏井君の表情が急に曇る。

また、聞いてはいけないことを聞いてしまったのだろうか。それとも、動物が苦手なんだろうか。

そんな中、バスは王子駅前に辿《たど》り着き、何人も降りて、何人も乗って来た。乗客を全て乗せたバスは、足立区《あだちく》に向けて再び走り出す。

僕達の間には、沈黙が横たわっていた。あまりにも重々しいそれに、僕は逃げ出したくなる。

何かを話しかけた方がいいんだろうか。寧《むし》ろ、さっきのことを謝った方がいいんだろうか。こんな時、どう会話をしたらいいものかが分からない。

密集する住宅街からは、高い建物が徐々に少なくなっていく。それにつれて、真っ青な空が広くなっていった。

バスは随分と走った。西新井大師前はもうすぐだろうか。

「あっ、次……」

車内アナウンスが、次は西新井大師前だと告げる。柏井君はハッと顔を上げて、ブザーを鳴らした。

バスが停車し、僕達はアスファルトの地面へと降りた。途端に、むわっとした熱気に襲われる。

「うわっ、暑っ」と思わずうめく。

「今日はもう、何処も暑いね」と、柏井君は虚《うつ》ろな目で言った。

早くも、全身に汗が滲《にじ》むのを感じた。周囲を見回すが、高い建物はそれほど多くなく、空がよく見える。だけど、車道の交通量が多いので、容赦ない熱気に包まれていた。

「行こうか。境内は涼しいだろうし。……多分」と柏井君は僕を誘導する。手には、携帯端末を携えていた。地図アプリで、西新井大師までの道程《みちのり》を確認しているらしい。

「風鈴の音を聞けば、少しはマシになりそうだしね」と、僕は柏井君について行くことにした。

「西新井大師は初めてなの？」

僕の質問に、柏井君は「うん」と頷く。

「だから、ちょっと調べて来たんだ。西新井大師の前に参道があるんだけど、そこは昭和っぽいレトロ感があって、写真に撮ったら映えそうなんだ」

「写真……」

「最近は、風景の写真もたまに撮ってるんだ。ちゃんとしたカメラも無いし、素人の腕前だけど」

「それは僕も同じだよ」と僕は苦笑する。

「でも、ちゃんとしたカメラを買っておけばよかったと思うよ。スマホのカメラだと、動くものを撮るのに限界があるしね」

「ああ、確かに。水族館のイルカのショーなんか、さっぱり撮れないもんね」

なので、大きなカメラを抱えてバシバシと撮っている人が羨《うらや》ましくなる。動いているものに関しては、祖父のカメラでもどうにもならなかった。

僕は相槌《あいづち》を打つものの、柏井君の表情が少しだけ寂しげなのに気付いた。

よく考えればおかしい。風景写真を撮るって言ったのに、動くものを撮りたがっているなんて。

どう質問したらいいやらと考えていると、柏井君と目が合った。

すると、柏井君はハッとする。僕の表情が不思議そうだったのに、気付いたのだろうか。慌てて、口を噤《つぐ》んでそっぽを向く。

「柏井君……」

何を隠しているんだろう。

秘密を暴きたいわけじゃない。知られたくないことならば、出来るだけ放っておきたい。でも——。

(もし誰かの助力が必要なら、僕に出来ることはないだろうか)

鞄《かばん》越しに、祖父のカメラに触れる。

でも、申し出るのも逆にお節介だと思い、黙り込もうとする自分もいた。

(いやいや。黙ってちゃ、何も進まない。行動しなきゃ)

自分に活を入れ、改めて柏井君の方を見つめる。彼が目をそらしてくれているので、顔を見ることが出来た。

「あのさ、柏井君——」

僕で良かったら、話を聞かせてよ。

そう切り出そうとしたその時、不意に風が吹いた。ひんやりとした、骨の髄まで染み込むような、季節外れの風が。

ちりん。

風鈴の音がする。柏井君の背中が、びくんと跳ねた。

通りを抜けて、視界が広がる。十字路の先に、朱色の門が見えた。その上には、『西新井大師』と書かれている。

「参道だ……」

あらかじめ調べて来たという柏井君が呟く。

でも、様子が変だ。しきりに、辺りをきょろきょろと見回している。僕もつられて周りに目をやるが、変わったものは見当たらない。おじいさんが自転車で通り過ぎ、エコバッグを抱えたおばさんが十字路を通り過ぎていくくらいだ。

「大丈夫？」と柏井君に声を掛ける。

「う、うん。大丈夫」と柏井君が答える。まるで、自分に言い聞かせるように。

「……行こうか」

「そうだね」

僕達は、提灯《ちょうちん》の下がった門を潜り抜ける。するとまた、風鈴の音がした。

ぬるりと、生暖かい風が首筋を撫《な》でる。思わず、「ひっ」と声をあげてしまった。

「今の、嫌な風だったね」

「そ、そうだね……」

柏井君は、立ち尽くしたまま生返事を寄越す。その目は、参道に釘付《くぎづ》けだった。

参道は真っ直ぐ延び、左右にはレトロなたたずまいのお土産屋さんや食事処と思《おぼ》しき店が並んでいる。

参道の正面には、立派な門が待ち構えていた。そこを潜れば、境内なんだろう。

だが、違和感があった。柏井君も、それに気づいたのだろう。

梅雨の中休みである炎天下、朱色の街灯が濃い影を落とす中、通行人はいなかった。

通行人だけではない。店先に、誰一人として出ていない。店の中からも、客の気配はしなかった。

「どういうこと……？」

ちりん。

また風鈴の音がする。店先に飾られた、朝顔柄の江戸風鈴だ。

「まさか！」

柏井君は勢いよくそちらを振り向く。だけど、誰もいない。柏井君は、明らかに落胆していた。

「どうしたの、柏井君……」

「ううん、何でもない。それより――」

柏井君は、手近な和菓子屋さんの店内を覗《のぞ》き込む。

だけど、やはり誰もいなかった。イートインが出来るようになっているけれど、お客さんは座っていない。それどころか、店員さんもいない。

「昼休みってわけじゃあ……ないよね」

さっき携帯端末を確認したが、まだお昼前だ。これからかき入れ時だというのに。

「あ、あれ？」

端末を確認しようとした柏井君が、悲鳴に近い声をあげる。

「久遠寺君、電源がつかないんだけど……」

「えっ」

充電切れかとも思ったが、すぐに違うことが分かった。僕の携帯端末も、うんともすんとも言わなくなっていたからだ。

「これはおかしいぞ」と僕は思わず呟《つぶや》く。

「そうだね……。一先《ひとま》ず、戻ろうか」

柏井君と僕は頷《うなず》き合う。僕達は回れ右をして、来た道を戻った。

「あれ？」

十字路に戻ったと思いきや、正面にはレトロな建物が並んだ通りが続いていた。その奥には、あの立派な門が聳《そび》えている。

「僕達、方向転換したよね？」

「う、うん」と、僕は柏井君に頷く。

「でも、どうして戻ってるんだろう……？」

「分からない……」

僕達は、狐につままれたような顔をする。回れ右をして歩いたはずが、回れ右をする前の風景に戻っているなんて。

有り得ない。

だけど、そんな有り得ないことをやってのける存在がいるではないか。

それは、おばけである。

（まさか、アヤカシが関わっているのかな……？）

辺りを見回すが、やっぱり誰もいない。姿が見えるならば交渉の余地があるけれど、姿が見えなければお手上げだ。

「柏井君。境内だ。境内に入ってみよう」

「えっ、大丈夫かな」

「だって、あそこはお寺じゃないか。御本尊の観音様が守ってくれるよ」

「久遠寺君、意外とそういうのに詳しいんだね……」

柏井君が感心したように言うのを背中で聞きながら、僕は迷わずに前進する。

アヤカシの類《たぐい》ならば、神社やお寺では悪さが出来ないんじゃないだろうか。そう思っての選択だった。

がらんとした食事処や、しんとしたお土産屋さんを横目に、僕達はただひたすら前に進む。お店の中は真っ暗だ。空は真昼のそれなのに、影で塗り潰《つぶ》したように暗い。そんな中に入ろうなんていう勇気はなかった。

「よし、あと少し……！」

門は木で出来ているとは言え、精巧な彫刻が施され、実に荘厳だった。柏井君が、チラリと後ろを振り返る。僕は早く門を潜るようにと、柏井君の腕を摑《つか》んで敷居をまたいだ。

また、生暖かい風が吹く。

ちりん、という音がしたかと思うと、僕達の目の前にあるのは、門の先の境内ではなく、今歩いて来た通りだった。

丁度、回れ右をしたかのように、来た道を眺める形となっている。

「く、久遠寺君……！」

柏井君の声は、明らかに怯《おび》えていた。

僕だって怖い。笑い始める膝《ひざ》を摑み、無理矢理震えるのを止めた。

「落ち着いて。もう一度――」

ちりん。

また、別の店の軒先で風鈴の音がする。柏井君はそちらを振り向くが、やはり何もいない。

「ねえ、いるのかい？　君なの？」

柏井君は虚空に向けて問いかける。すると、ぬるっと生暖かい風が駆け抜けた。

ちりん。ちりん。ちりん。

右の店から、左の店から、あちらこちらから江戸風鈴の音がする。だけど、何処を振り向いても、何もいない。

「やめて……。違うんだったら、やめてくれ！」

柏井君は耳を塞《ふさ》ぐ。

あちらこちらの風鈴が一斉に鳴り響き、不協和音を奏でている。事情が分からない僕も、頭が割れそうだった。

「そこまで。深呼吸をして、落ち着いてごらん」

聞き覚えのある声と共に、涼やかな風が吹く。白檀《びゃくだん》の香りが過《よぎ》り、風鈴の音は一斉に止んだ。

僕と柏井君は、声のした方を見やる。すると、店の陰から見慣れた人物がひょっこりと現れた。

「狭間堂さん！」

「やあ、那由多君。無事かい？」

狭間堂さんは爽《さわ》やかな笑みを浮かべながら、広げていた扇子を静かに閉じた。

「え、あ……」

柏井君は、へなへなとへたり込む。何が何だか分からないといった面持ちだ。

そんな柏井君を安心させるように、狭間堂さんは微笑んだ。

「初めまして、僕は狭間堂。雑貨屋だよ」

「雑貨屋……さん……？」

「そう。那由多君は、うちの常連さん」

柏井君は、しゃがみ込んだまま僕と狭間堂さんを交互に見やる。一先ず、突如現れた爽やかなイケメンが何者であるかは、把握したらしい。

「災難だったね、境界に迷い込むなんて」

狭間堂さんは、柏井君に向かって手を差し出す。柏井君は、目を白黒させながら、狭間堂さんの手を取った。

「境界って……？」

「平たく言うと、この世とあの世の間さ」

さらりと言った狭間堂さんの言葉に、僕はぎょっとした。

「は、狭間堂さん！　いいんですか、そんなこと言って！　というか、境界って……！」

「変に隠してしまうより、話してしまった方がいい。特にこれは、彼に関わりがあることのようだからね」

狭間堂さんは、細いとは言え長身の柏井君を、軽々と立ち上がらせた。

「こ、この世とあの世の間……？」

案の定、柏井君は信じられないといった表情だった。

正気を疑われているかもしれない。だけど、柏井君はそれ以上どうこう言うことはなく、辺りをきょろきょろと見回す。そして、何もいないことを確認すると、頭《かぶり》を振った。

「何を探していたんだい？」

「いえ、別に……」

狭間堂さんの視線から逃れるように、柏井君は首を横に振った。

「あ、そうだ。狭間堂さんが来たっていうことは、浮世に戻れるんじゃあ……！」

「そうだね。ただ、どうして君達がここに迷い込んだのか、原因を知りたいのさ。そうでないと、帰り路にまた、迷い込んでしまうかもしれない」

「行きはよいよい。帰りは恐い――ってね」

別の聞き覚えのある声と共に、シャッターを切る音がする。音につられて顔を向けると、狭間堂さんが出て来た店の陰から、すらりとした伊達男《だておとこ》が現れた。大きくて立派なカメラを携えた、少しレトロな服装の人物は——円さんだった。

「ま、円さん！」

狭間堂さんと円さんの顔を交互に見やる。一体どうして、このふたりがここにいるのか。

「もしかして、狭間堂さんの約束の相手って……」

「そう。円君の取材の付き添いでね」

狭間堂さんは、僕の内心を読むかのようにそう答えた。

「取材って、風鈴祭りの？」

「そう。風鈴祭りの記事が欲しいと言われてね。偶々《たまたま》、手が空いていたのが已《お》れしかいなかったのさ」

円さんは肩をすくめる。視線がこちらを向いているのに気付き、僕は慌ててそらした。円さんは今、色眼鏡をしていなかったからだ。彼の視線は強い力を持っているので、僕がまともに見ると身がすくんでしまう。

「円君」と狭間堂さんが言うと、「やれやれ」と色眼鏡をかけてくれた。

「狭間堂さんが、どうして円さんの付き添いに？」

「已れは単独で聖域に入れないのさ」

円さんはあっさりと答えた。

「力の強い人間がそばにいれば、結界の機能を眩《くら》ませることが出来るんだ」

「ああ、成程……」

円さんが神社やお寺に入れないのは、妙に納得出来た。未練の集合体だし、お清めやお経とも相性が悪そうだ。

「で、己れのことは、今はどうでもいいんじゃないか？」

円さんに促され、僕は柏井君の方を振り返る。柏井君は、唖然《あぜん》としてこちらを見ていた。

「己れのことはお気になさらずに。さ、続けてくれたまえ」

円さんは半歩下がり、輪から外れた。狭間堂さんは眉尻《まゆじり》を下げて苦笑をしたかと思うと、今度は真面目な顔で柏井君に向き直った。

「そ、その……この世とかあの世とか、よく分からないけど、これって僕が原因なんですか……？　同じ場所を、行ったり来たりしちゃうのって」

「行きたいのに行けない、帰りたいのに帰れない。君の未練が、君をここに縛っているのかもしれない」

「未練って……。柏井君は生きてますよ？」

僕は思わず口を挟む。狭間堂さんは「分かってるよ」と優しく頷《うなず》いた。

「生者の未練もまた、亡者と変わらない形で浮世や常世に影響する。那由多君の知り合いのお婆さんも、そうだっただろう？」

廣田《ひろた》さんのお婆さんを思い出す。あの人は亡くなる前に、未練が亡者のように彷徨《さまよ》っていたのだ。

「彼――柏井君が未練を抱いて苦しみ、道を見失っているのならば、照らさないといけない」

狭間堂さんの双眸《そうぼう》には、使命感が宿っていた。

「未練って言っても……」と柏井君はうつむく。

「君は最近、親しいひとを喪《うしな》ったんじゃないのかい？」

狭間堂さんの言葉に、柏井君は驚いたように顔を上げた。

「境界でずっと誰かを探しているね。その相手は、風鈴が好きだった。いや、風鈴の音を出すのが好きだったんじゃないかな」

柏井君はぐっと押し黙る。

風鈴の音を出すのが好きな人って、どういう人だろう。

風鈴は、風に揺れて音が鳴るのを楽しむものだ。それを自ら鳴らそうとするなんて、悪戯《いたずら》好きなんだろうか。

いや。

僕は或《あ》ることを思い出す。柏井君は、動くものを撮りたがっていたじゃないか。

「そうだ。風景を撮るのに、動くものを撮りたがっていた。過去形ってことは、その相手は、もう――」

僕の言葉に、柏井君はぐっと拳《こぶし》を握りしめる。痛みに耐えるように、奥歯を食いしばっていた。

そんな柏井君に、狭間堂さんがやんわりと包み込むように囁《ささや》く。

「君は、猫を飼っていた」

柏井君が、びくりと震える。

「どうして、猫……？」

僕が尋ねると、狭間堂さんはこう答えた。

「視線を追うとね。丁度、その高さなんだ」

狭間堂さんはかがみ込み、猫が立ち上がったくらいの高さに、手のひらを持って来る。

「その猫が風鈴の短冊にじゃれついて遊んでいたのを思い出して、風鈴を買いに来たんだね。いなくなってしまった猫の影を、追い求めて……」

「うっ……」

ぽた、と握りしめた拳に雫《しずく》が落ちる。柏井君の涙だった。

「ごめんね、辛《つら》いことを思い出させてしまって」

狭間堂さんは、慰めるように肩を抱く。「いいんです」と柏井君は震える声で言った。

「老衰……だったんです。僕が物心つく前からうちにいた猫で……。兄弟みたいな存在で……」

「ずっと一緒だった。だからこそ、いなくなった時は信じられなかったのかな」

「はい……」

柏井君は、涙を押し殺すように頷いた。

「それは今でも受け入れられない。もしかしたら、生きているのかもしれない。そんな希望が強く残っていたから、那由多君にもそのことを打ち明けられなかったのかな」

「……多分、そうなんです。ちゃんと、ペット霊園に入れるところも見届けたのに」

柏井君は、愛猫が亡くなったことを口にしたくはなかった。だから、僕には事情を打ち明けられなかった。

「……辛かったね」

「……はい」

狭間堂さんに痛みを理解して貰《もら》ったからなのか、柏井君は素直に頷くだけだった。

「ただ、いつまでも止まっていられない。それは、自分でも分かっていると思うけど」

「はい。ちゃんと、受け入れなきゃ。客観的に今の状況を教えられて、思いました」

柏井君は顔を上げる。

「あいつが逝《い》っちゃったのって、どうしようもないことで……、あとは僕がそれを受け入れてやるべきなんだって。一人で抱え込んでぐるぐると悩んでいたから、全然踏ん切りがつかなくて……」

「君にとって、その子が大事であれば大事であるほど、未練は強くなるのは仕方がないことだったんだ。どうか、自分を責めないで」

「有り難う御座います、狭間堂さん」

柏井君は、狭間堂さんに向かって丁寧に頭を下げる。そして、何故か僕の方を振り向いた。

「久遠寺君」

「え、なに？」

「その、巻き込んじゃってごめん。君はただ、写真を撮りに来ただけなのに……」

「ううん。いいんだ。柏井君が、元気になったのなら」

僕はそう言って微笑む。とは言え、表情筋があんまり柔らかくないせいで、歪《いびつ》な笑顔になってしまった。

柏井君の心が晴れたのならば、僕はそれで満足だ。そんな気持ちが伝わったのか、柏井君もまた、控えめながらも笑顔を返してくれた。

「そ、そうだ。迷惑をかけた上に、こんなことを頼むのも悪いんだけどさ」

「うん？」

「今度、あいつの——うちの猫の写真を見て欲しいんだ。実は、SNSにアップしてさ」

柏井君は、僕の顔色を窺《うかが》うようにそう言った。僕の顔は、自然と持ち上がる。

「も、勿論《もちろん》だよ！　そうだ。これ、僕のアカウント……！」

僕は携帯端末を操作する。先程まで電源が入らなかったのに、嘘のようにすんなりとSNSのアカウントを表示した。それを見た柏井君は、「あっ」と声をあげる。

「僕、フォローしてた……」

「えっ？」

柏井君は目を丸くしたまま、自分の携帯端末を操作し、自身のアカウントを表示する。それを見た僕も、「あっ」と声をあげてしまった。

「僕も、フォローしてた……」

何ということだろう。SNSで、既にお互いが繋《つな》がっていた。柏井君は、僕が眺めていた動物系のアカウントの一つだった。

「なんだ。オンラインではもう知り合いだったのか」と柏井君が苦笑する。

「話したことはなかったけどね」と僕が返す。

そう。コミュニケーションをとったことは一度も無かった。投稿には、しきりにイイネをあげていたけれど。

オンラインとは言え、話しかけるのには勇気がいる。でも、次からは積極的に話しかけよう。今までの、飼い猫の写真や動画の感想も一緒に。

ちりん、と風鈴が鳴る。今度は涼しげな風が澄んだ音色を運んで来た。

静まり返っていた周囲のざわめきが戻る。

お団子屋さんの前では、割烹着《かっぽうぎ》の店員さんが、草だんごの試食を勧めていた。七味唐辛子やだるまを売っている露店もあり、ベビーカーを引いた女性や、老夫婦がのんびりと歩いている。

「戻って……来れたのかな」

「そのようだね」

狭間堂さんは、青空を見上げながら答えた。うだるような暑さが、ムッと押し寄せてくる。

「これにて円満解決。いいことじゃないか。これで己《お》れも仕事が出来る」

傍観に徹していた円さんは、わざとらしい拍手をしながら狭間堂さんの隣に並んだ。

レトロな洋装の円さんと、和を取り入れたあか抜けている狭間堂さんは、相反しているようで、妙にしっくりと来ている。

「円君ったら」と狭間堂さんは苦笑した。

「折角だし、帰りに草だんごを買って帰ろうか。ここの草だんごも好物でね。濃いお茶と一緒に食べるといいよ」

お兄さんの奢《おご》りだ、と言いながら、狭間堂さんは僕達を先導するかのように、あの荘厳な門へと向かったのであった。


広い境内を右手方向へと往くと、無数の風鈴がちりちりと鳴っていた。

短冊をはためかせた風鈴が、ガラスや鋼鉄、真鍮《しんちゅう》などで出来た身体に日光を受け、キラキラと輝いている。すぐ近くには水辺もあって、清涼な空気で満ちていた。

「わぁ、綺麗《きれい》だなぁ……」

「すごいね。写真で撮ったら、きっと素敵だよ……」

柏井君は目を輝かせている。多分僕も、同じ表情をしていたことだろう。

歩み寄って見上げてみると、頭上が風鈴で埋め尽くされる。朝顔を描いたものや、金魚を描いたもの、ご当地キャラを模した風鈴もあった。

「ねえ、これ」

僕は柏井君に、ある風鈴を勧める。

それを見た柏井君は、顔を綻《ほころ》ばせてくれた。

「柏井君のところの猫に、そっくりじゃないかな」

それは、白猫が描かれた江戸風鈴だった。すらりとしたシルエットの猫が、スイカと共にのんびりと寝そべっている。

「そうだね。よく似てる。のんびりして、物怖《ものお》じしなそうなところとか」

柏井君は微笑む。そこに、寂《さみ》しさはなかった。

「僕、これが欲しいな。帰りに買って行くよ」

「うん、それがいい」

門のすぐ近くに販売所があったなと思い出しながら、頷《うなず》いた。

「有り難う、那由多君。素敵な風鈴を見つけてくれて」

屈託のない笑顔を前に、僕は「えへへ」と照れ笑いをしてしまう。

「って、あれ？　柏井君、僕の名前を呼んでくれたね」

「う、うん。嫌かな……？」

「そんなことない。嬉《うれ》しいよ！」

僕がそう言うと、柏井君は安心したように微笑む。

「因みに、えっと、柏井君は……」

「下の名前は翔《しょう》。カッコいい名前だけど、名前負けしてるよね」

「それを言うなら、僕の方が名前負けしてるから……」

遠い目になる僕を見て、柏井君はくすりと笑う。

「何にせよ、改めてよろしく、那由多君」

「よろしく、翔君」

僕達は頷き合う。そこに確かに、絆《きずな》が生まれたような気がした。

「あっ、あそこに欲しい風鈴の番号を書く紙が置いてあるね。僕、取って来るよ。那由多君も要る？」

「あ、うん。家に買って帰ろうと思って」

「了解」

翔君はそう言って、風鈴が下がっているテントの一角に設置されている、注文用の紙を取りに行った。

その背中を見送りつつも、ふと、狭間堂さん達の方が気になった。そう言えば、円さんは取材をしに来たって言ったっけ。良い写真は撮れたんだろうか。

僕が振り返った時には、そんなことはもう終えたのか、円さんは無数に吊《つ》り下がる風鈴の下にいた。風で短冊が揺れ、りぃぃんと南部《なんぶ》風鈴が高い音色を奏でる。それを見つめる円さんの表情は、何処か物憂げに見えた。

そんな円さんに、狭間堂さんが声を掛ける。少し距離があるせいで、ふたりの会話は聞こえない。風鈴を指さしているから、風鈴の話題なんだろうか。

ちょっと変わった風鈴を見ながら、狭間堂さんが何かコメントをする。それに円さんが応じて、ふたりで笑い合う。

円さんは、正体が分かっていながらもよく分からないひとだし、平気で僕を怖い目に遭わせようとする。怖いな、とは思うものの、どうしても嫌悪することは出来なかった。

（あのふたりの間にも、確かに友情はあるんだろうな……）

だけど、それがとても危ういのだろう。だから、円さんは狭間堂さんが怒るようなことをするし、狭間堂さんは円さんを警戒しなくてはいけない。

そうなる理由は、僕にはまだ分からない。

風鈴の話で盛り上がっている中、円さんはずっと狭間堂さんを見つめていた。その視線があまりにも切なく、僕はふたりに話しかけられなかったのであった。

結局、僕は家族に江戸風鈴を買った。花火が描いてある夏らしい柄だ。これならば、あのうるさい姉も気に入ってくれるはずだ。

「ところで、那由多君」

「なに？」

参道に出てから、翔君は僕に耳打ちをする。

「狭間堂さんと……円さんだっけ？　あの二人は何者なの？　周りがおかしくなった時に、平然と現れたしさ。もしかして、霊能者？」

「いやぁ……、そういうわけじゃ……」

ここは、おばけの街の住民ですと白状するわけにもいかないだろう。僕が曖昧《あいまい》に濁していると、翔君は続けた。

「もし降霊術が出来るなら、一度でいいから、あいつの声を聞きたかったな」

「翔君……」

飼っていたという白猫のことを思い出しているんだろう。寂しそうな顔をしていたけれど、「なんてね」と笑顔に切り替えた。

「そんなこと言ってると、また、キョーカイに引きずられちゃうからね。前向きに考えるよ」

翔君はそう言って、箱に収められた風鈴を取り出す。

「あいつの面影は、ここにあるからさ。これからも、ずっと一緒だよ」

ガラスの表面に施された白猫を、翔君は優しく撫《な》でる。

「焦ることはないさ。ゆっくりと受け入れればいい。前を見ようと決意したのなら、もう、君も迷うことはないだろうから」

狭間堂さんの言葉に、翔君は静かに頷く。

「君の家族は、君のことを見守っているから。きっと、それを実感出来る瞬間が訪れるよ。前に進もうとしている君と一緒に、前進していることにね」

「そう……ですね」

翔君は風鈴を揺らす。すると、ちりちりと可愛らしい音色が響いた。

「やれやれ。狭間堂も回りくどいことをするな」

二人の様子を見ていた僕の隣に、いつの間にか円さんがいた。これは、何か企んでいるパターンだ。胃がギュッと縮まり、思わず目をそらしてしまう。

「那由多君」

僕の抵抗も虚しく、円さんの長い指が僕の頭を鷲掴《わしづか》みにした。ぐいっと円さんの方を向かされると、その先で本心が見えないような笑みを湛《たた》えた円さんがいた。

「彼のことを写真で撮ると面白いぜ」

鞄《かばん》を指さされる。祖父のインスタントカメラのことだろう。

「面白いって、どう面白いんですか」

「そいつを教えてやるほど親切じゃなくてね。まあ、撮れば分かるさ」

円さんは手を離して、「風鈴と足元も写すように」と言いながら後退した。

何を企んでいるんだろう。でも、インスタントカメラのシャッターを切るだけならば、とんでもないことにはならなそうだ。もしかしたら、善意のアドバイスかもしれない。

先ほどの、狭間堂さんと笑っていた円さんを思い出しながら、僕は前向きに考える。

翔君は、狭間堂さんとの会話に気を取られていた。その後ろ姿に向けて、シャッターを切る。インスタントカメラが写真を吐き出し、僕は暑さのあまり滴りそうになる汗を拭《ふ》きつつ、現像されるのを待った。

「あっ」

現れた像を見て、思わず声をあげてしまう。

気付いた翔君と狭間堂さんも、こっちにやって来た。

「写真を撮ったのかい、那由多君」

「は、はい。その、これ……」

見せた方が早いと思い、僕は二人に写真を手渡す。覗《のぞ》き込んだ二人もまた、「あ!」と声をあげた。

「珠緒《たまお》さん、珠緒さんじゃないか!」

翔君が食い入るように見つめる写真の中には、白い猫が写っていた。珠緒さんとは、猫の名前なんだろう。

後ろ姿の翔君は、小学生くらいの少年だった。でも、つい先ほど買った風鈴を手にしていた。その風鈴に、じゃれつくようにして白い猫が写っている。少年の翔君と、肩を並べるようにして。

「ちゃんと、そばにいるんだ……」

翔君は感じ入ったように呟《つぶや》く。つい涙が溢《あふ》れそうになったのか、ずずっと洟《はな》を啜《すす》った。

「この珠緒さんにとって、柏井君のそばこそが思い出の場所だったから、こうして、写り込めたのかもしれないね」

狭間堂さんは、泣きそうな翔君の背中を、優しく撫でてやっていた。

「翔君。その写真、あげるよ」

「有り難う……。那由多君は、すごい写真を撮るね……」

翔君は、顔をくしゃくしゃにして笑った。写真を、しっかりと胸に抱いて。

「いやはや、本当に良かった。折角だし、このまま西新井大師の参道を堪能《たんのう》しようか。冷たいお茶に涼しげな甘味。二人とも、味わいたいだろう？」

燦々《さんさん》と陽が射す中、狭間堂さんのそのキーワードだけで生唾《なまつば》が湧いて来た。ごくりと喉《のど》を鳴らすと、僕と翔君は頷《うなず》く。

「それじゃあ、店を案内しよう。こっちだよ」

「はいっ」と翔君が続く。僕も続こうとしたけれど、ふと円さんのことを思い出して、背後を振り向いた。

「円さん、有り難う御座います。お陰様で、翔君も狭間堂さんの言葉に確信が持てたようで」

「礼には及ばないさ。己《お》れも良い写真が撮れたからね」

円さんはそう言って、携えていた立派なカメラをくるりとひっくり返してデジタル画面を見せる。レトロな風貌《ふうぼう》の円さんがデジタルを使っていたことは驚きだったけど、それ以前に、画面に写っているのは僕だった。

いや、現像した写真を眺めている僕だった。その視線の先には、写真の幼い翔君と珠緒さんが、その更に先には、今の翔君が写っていた。

「ただ、風鈴を写しただけではつまらないだろう？　己れに必要なのは、単にインスタ映えがするだけの写真じゃないのさ」

アヤカシの円さんは、さらりとインスタ映えという単語を使う。

しばらくぽかんとしていた僕だったけれど、ようやく、まんまと利用されたのだと悟った。

「ぼ、僕は、またいいように……」

「那由多君は、脇が甘いからな」

「円さんが小賢《こざか》し過ぎるんです！」

僕は思わず声をあげる。参道の先では、狭間堂さんと翔君が立ち止まってこちらを見ていた。

「那由多君、円君。来ないのかい？」

「己れは遠慮しておくよ。これから帰って仕事だ」

円さんはそう言って、さっさと建物の陰に入ってしまう。境界から華舞鬼町に戻ってしまったのだろう。

今日もいいようにされてしまった気がするけど、結果的に翔君の前に延びている道が明らかになったのなら、それでいいのかもしれない。

「すいません。今行きます！」

僕は狭間堂さんと翔君のもとへと急ぐ。翔君の風鈴は、風も無いのにちりんと優しく鳴ったのであった。

余話　狭間堂と目競の……

桜の森の一件後。

その日も、華舞鬼町の駅前は賑《にぎ》わっていた。

煉瓦《れんが》造りの駅舎を背景に、写真を撮っているアヤカシなんかもいる。狸の団体もいるけれど、四国地方からやって来たのだろうか。

狭間堂はそんなことを想いながら、駅前に異常が無いことを確認すると、帰路につこうとする。

琵琶《びわ》やら琴やらの姿をしたアヤカシとすれ違い、「こんにちハ」と挨拶《あいさつ》をされた。狭間堂も、「こんにちは」と微笑み返す。十二階に向かうところを見ると、あそこで働いているのだろう。

華舞鬼町を訪れるアヤカシは、日々増えている。だが、集まるものが多ければ、それだけトラブルも増えてしまう。

「もっと、気を引き締めないと」

路地に差し掛かった狭間堂は、自然とそう呟いていた。

「随分と、仕事熱心なことだ」

返って来ると思わなかった相槌《あいづち》に、狭間堂は一瞬だけギョッとする。しかし、その声が聞き慣れたものであることに気付けば、自然と安堵《あんど》のため息が漏れた。

「円君」

「過労で倒れないでくれよ？　総元締めの格好悪い姿なんて、己れは記事にしたくないんでね」

路地の片隅に、円が立っていた。言葉とは裏腹に、手の中で一眼レフを楽しげに弄《もてあそ》んでいる。よくかけている色眼鏡は、今は外していた。

「倒れている余裕なんてないさ。でも、仮に倒れてしまったら、円君が入れないように結界を張るよ」

「残念。己れのカメラは、レンズを付け替えれば遠くからでも撮れるのさ。疲れ顔の総元締めが窓辺に立ったところを、パシャリとね」

「完全に狙撃手のそれじゃないか……」

眉尻《まゆじり》を下げる狭間堂に、円は口元を吊《つ》り上げる。

「で、何の用だい？　僕を気遣ってくれるために現れたんじゃないよね？」

「ああ。頼みたいことがあってね」

「頼みたいこと？」

円はツカツカと歩み寄る。狭間堂より少しだけ目線が高い円は、相手の往く手を阻むように、壁へと手をついた。

「寧《むし》ろ、先日の埋め合わせをして貰《もら》おうかと思ってね。嫌とは言わせないぜ？」

円の視線が、狭間堂を間近で捉《とら》える。しかし狭間堂は、それをさらりと受け流した。

「分かってるよ。君には悪いことをしたしね。どうすればいいんだい？」

「西新井大師で、今、何をやっているか知っているだろう？」

「ああ。この時季だと、風鈴祭りかな」

「そいつの取材に、付き合って欲しくてね」

円の言葉に、狭間堂は目を丸くする。円は言いたいことは終わったと言わんばかりに、身を引き離した。

「円君に？　西新井大師で風鈴祭りの取材？　編集長も無茶苦茶だねぇ」

「それを思いつかれた時、社内に己《お》れしかいなかったのさ」

円は露骨に溜息《ためいき》を吐く。

「ううん。それは、埋め合わせじゃなくても付き合うよ。僕も、うちに風鈴が欲しいと思っていた所だしさ」

「へぇ」と円は目を細める。

「そいつは、己《よ》れ除けってことかい？」

「まさか」

狭間堂はそう苦笑して、約束の日取りを決めてから雑貨屋へと戻ったのであった。

真っ青な空に、分厚くて白い雲。そして、じっとりと蒸し暑い風が、夏が近いことを教えてくれる。

華舞鬼町の入り口から見える十二階も、陽炎《かげろう》で揺らいでいた。

「円君。浮世に行ったら、せめて腕をまくった方がいいと思うよ」

汗一つかいていない、長袖《ながそで》にベスト姿の相手に、狭間堂はそう言った。

「おっと。すっかり忘れてた。暑いというのは感じるものの、不快感まではなくてね」

「それは少し羨《うらや》ましいかも」と言いながら、狭間堂は扇子で自らを扇《あお》ぐ。

「なぁに、簡単なことさ」と円は薄く笑った。

「死ねば、暑さによる不快感も無くなる」

「総元締めの役割は生きてないと果たせないから、それは無しかなぁ……」

亡者の集合体である相手に対して、狭間堂は頭《かぶり》を振った。

「使命のために、浮世にしがみつくのかい？　他人の面倒を見るために、自分を犠牲に？」

円は戯れのように問う。それに対して、狭間堂は静かに「いいや」と否定した。

「それが、僕のしたいことだから。犠牲になっているとは思わないよ」

「みんなのために――ね。献身的なことだ」

円はさっさと踵《きびす》を返し、出入口のシンボルであるガス灯の間から姿を消す。狭間堂も、「あっ、待って」とその後を追った。

ふたりは西新井大師の近くに出る。レトロな街並みと、浮世の風が迎えてくれた。そして、遠くから聞こえる風鈴の音も。

円は足を止め、忌々しげに舌打ちをする。

「ここから先は、僕が先導するよ」

狭間堂は、円をかばうように前に出た。

風鈴の音は、魔を祓《はら》う結界の役割も担っていると聞いたことがある。ケガレを孕《はら》む円にとって、心地が良いものではないだろう。それでも取材を頼まれたのは、彼が近づかなくとも写真が撮れることや、狭間堂に人脈があることを盛り込んだが故なのだろうが……。

「あのさ、円君。先日、風鈴が欲しいって言ったけど、雑貨屋に彩りを添えたいだけだからね？　鳴らないように短冊を外すしさ。鳴らしたい時は、君のいなそうな時を見計らうし……」

そう言うものの、足音がついて来ないことに狭間堂は気付く。「円君？」と振り返ると、肝心の本人はうずくまっていた。

「えっ、大丈夫——じゃないよね！　一旦《いったん》、華舞鬼町に戻ろうか！」

狭間堂は、円を支えようと手を伸ばす。だが、それを摑《つか》んだ円の手の力は、意外としっかりしていた。

「カメラ……」

「カメラ？」

狭間堂が首を傾げていると、ずいっと一眼レフを差し出される。なされるがままに受け取ると、それはずっしりと重かった。

「おっとっと……」

落とさぬようにと、しっかり抱きかかえる。狭間堂にカメラを預けた円は、建物の壁を頼りに、何とか立ち上がった。

「……大丈夫。すぐに慣れるさ」

「いや、無理しない方がいいよ。その……、僕が写真を撮って来ようか？」

狭間堂の申し出に、円は首を横に振った。

「狭間堂。君の端末に入っている写真を、覗《のぞ》いたことがあってね」

「そんなところまで覗いてたの!?」

「構図が全然理解出来ていないから、写真を任せるのは御免だね……」

「その上、まさかのダメ出し……」

「被写体にピントが合ってないし……」

「更なるダメ出し……！」

他にも、光源を活《い》かせていないとか、モチーフ選びが下手とか、円は畳みかけるように指摘をする。それがそろそろ十項目に達しようとした頃には、狭間堂はがっくりと項垂《うなだ》れていた。

「やれやれ。少しマシになって来たぜ」と円は、狭間堂が抱きかかえているカメラをむんずと掴む。

「逆に僕は、心がボロボロだよ……」と言いつつも、狭間堂は円にカメラを返す。

「もう、行けそうかい？　それとも、何処かで休む？」

「さっきまでは、バラバラになりそうだったが、少なくとも、それは無くなった」

「万が一、バラバラになりそうだったら教えてね……。羽織をかけて隠す準備をするから……」

バラバラになるとは、即ち、人の姿が保てなくなるということである。亡者の集合体の姿に戻り、路上に無数の髑髏《どくろ》をぶちまけることになってしまう。

「一度やらかしたが、もう二度とやりたくない」と円は唇を尖《とが》らせる。

「あれは大変だったよね。あの時はまだ、個々を上手《うま》く自律させることが出来なくて、はぐれたひとは僕が探しに行ったんだっけ」

狭間堂は、遠い日の記憶を思い出しながら苦笑する。

「あの頃から、己《お》れはずいぶんと変わったものだ」

「そうだね。とても立派になった」と年下の成長を見守るような目で、狭間堂は言った。だが、円は皮肉めいた笑みを返す。

「尤《もっと》も、総元締め殿が望んだ方向には、立派になれなかったようだがね」

「そんなこと――」

狭間堂は否定しようとする。だがその前に、円は何かに気付いたようにハッとした。

「境界の気配……！」

狭間堂も気付く。近くで、常世の力が働いていることに。

「行くのかい、総元締め殿」

「うん……。円君は？」

「己れも行くさ。スクープかもしれない」

ふたりは頷《うなず》き合い、足早に向かう。境界が発生した、西新井大師前に――。

境界の発生源には、那由多がいた。那由多と同じ大学に通う青年の未練が、境界を発生させていたのだ。

だが、自らの問題と向き合わせることで、彼と那由多は境界から脱出することが出来た。今は、彼も那由多も、西新井大師の境内にある、無数の風鈴の下で楽しそうに話していた。

そんな様子に安堵《あんど》しつつ、狭間堂は円の方を見やる。

彼は、南部風鈴を見つめていた。独特の高く澄んだ音に、煩わしげな顔を一つせずに。

「円君。取材は済んだのかい？」

「まあ、それなりには。もう少し、面白い写真を撮りたかったものだけど」

円はそう答えるものの、心ここにあらずだった。

「……南部風鈴の音、綺麗《きれい》だよね。江戸風鈴も好きだけどさ。でも、こっちは祖父の家でよく聞いた音だから……」

「懐かしい音——ということか」

「円君も？」

狭間堂の問いに、円は「んー……」と生返事をした。

藤棚のような場所に吊《つ》り下げられた風鈴を、ぐるりと眺める。全国から集められた風鈴は、音も姿も個性的で、それでも、風が吹けば短冊を同じ方向に流し、合唱でもするように音を響かせていた。

「最初は追い払われている気すらしたんだがね。耳を澄ませてみれば、どれもが懐かしく、どれもが心地いい気がするな……」

「そっか……」

狭間堂は、安心したように微笑む。

「だから、雑貨屋の風鈴は、幾ら鳴らしてくれても構わないぜ。已れを追い払おうとしない限りは、已れにとって心地よくなるはずさ」

「追い払うつもりはないよ。君も大事なお客さんだ」

狭間堂はしっかりとそう答える。円は一瞬だけ複雑そうな顔をしたが、すぐに「それでいいさ」と頷いた。

「さて。それならばどうするんだい？　あの都電のお姉さんが気に入るような風鈴を選ばないといけないんじゃないか？」

「ああ。ハナさんが気に入るっていうの、すごく大事だよね」

何せ、雑貨屋のインテリアのほとんどは、彼女がやってくれている。それをぶち壊しにしてはいけない。

「……でも、僕はこういうのも好きかも」

狭間堂が指さしたのは、真鍮《しんちゅう》で出来た風鈴だった。

それだけならばいい。風鈴の形状は、未確認飛行物体のそれだった。それを見るなり、円はぷっと吹き出す。

「そいつは、どちらかと言うとポン助君向けだな」

長い指で、短冊をひらひらと突く。ぶら下がるそれもまた凝っていて、光線のような黄色い紙に、さらわれる人のようなシルエットがくり貫《ぬ》かれている。

「ああ、確かに。こういうの、好きそうだよね」

「まあ、乗り物繋《つな》がりってことで、ハナさんも気に入るかもしれないがね」

「あっ、そうか。その発想はなかった……！」

ハナは、時々、別の車両に好意を抱く時がある。だが、UFO相手にどう反応するのか、想像もつかない。

（それにしても……）

円はすっかり元気そうだ。聖域の中にいて、魔除《よ》けと言われる風鈴が鳴っているにもかかわらず、いつもと変わらぬ姿だった。

彼がまとうケガレも、彼次第でどうにかなるかもしれない。

（そのために、僕が出来ることは——）

総元締めは思案する。風にたなびく短冊と、幾重にも鳴り響く風鈴の音を耳にしながら。

こんなに個性豊かな風鈴が沢山あるというのに、こうして同じように揺れていると、それが大きな一つの何かのように思えてしまう。

（少しだけ、円君に似ているな）
せめて、風鈴一つ一つの音を聞き逃すまいと、狭間堂はそっと耳を傾けたのであった。

本書は書き下ろしです。

華舞鬼《かぶき》町《ちよう》おばけ写真館《しやしんかん》　路面電車《ろめんでんしや》ともちもち塩大福《しおだいふく》
蒼月《あおつき》海里《かいり》

角川ホラー文庫　　Hあ6-12　　20706

平成29年12月25日　初版発行

発行者――郡司 聡
発　行――株式会社KADOKAWA
〒102-8177　東京都千代田区富士見2-13-3
電話 0570-002-301（ナビダイヤル）
印刷所――暁印刷　製本所――本間製本
装幀者――田島照久

KADOKAWA　カスタマーサポート
[電話] 0570-002-301（土日祝日を除く11時～17時）
[WEB] http://www.kadokawa.co.jp/（「お問い合わせ」へお進みください）
※製造不良品につきましては上記窓口にて承ります。
※記述・収録内容を超えるご質問にはお答えできない場合があります。
※サポートは日本国内に限らせていただきます。

ISBN978-4-04-105487-1　C0193

角川文庫発刊に際して

角　川　源　義

第二次世界大戦の敗北は、軍事力の敗北であった以上に、私たちの若い文化力の敗退であった。私たちの文化が戦争に対して如何に無力であり、単なるあだ花に過ぎなかったかを、私たちは身を以て体験し痛感した。西洋近代文化の摂取にとって、明治以後八十年の歳月は決して短かすぎたとは言えない。にもかかわらず、近代文化の伝統を確立し、自由な批判と柔軟な良識に富む文化層として自らを形成することに私たちは失敗して来た。そしてこれは、各層への文化の普及滲透を任務とする出版人の責任でもあった。

一九四五年以来、私たちは再び振出しに戻り、第一歩から踏み出すことを余儀なくされた。これは大きな不幸ではあるが、反面、これまでの混沌・未熟・歪曲の中にあった我が国の文化に秩序と確たる基礎を齎らすためには絶好の機会でもある。角川書店は、このような祖国の文化的危機にあたり、微力をも顧みず再建の礎石たるべき抱負と決意とをもって出発したが、ここに創立以来の念願を果すべく角川文庫を発刊する。これまで刊行されたあらゆる全集叢書文庫類の長所と短所とを検討し、古今東西の不朽の典籍を、良心的編集のもとに、廉価に、そして書架にふさわしい美本として、多くのひとびとに提供しようとする。しかし私たちは徒らに百科全書的な知識のジレッタントを作ることを目的とせず、あくまで祖国の文化に秩序と再建への道を示し、この文庫を角川書店の栄ある事業として、今後永久に継続発展せしめ、学芸と教養との殿堂として大成せんことを期したい。多くの読書子の愛情ある忠言と支持とによって、この希望と抱負とを完遂せしめられんことを願う。

一九四九年五月三日

幽落町おばけ駄菓子屋

蒼月海里

妖怪と幽霊がいる町へようこそ

このたび晴れて大学生となり、独り暮らしを始めることになった僕——御城彼方《みじょうかなた》が紹介された物件は、東京都狭《はざ》間《ま》区幽落町《ゆうらくちょう》の古いアパートだった。地図に載らないそこは、妖怪が跋扈《ばっこ》し幽霊がさまよう不思議な町だ。ごく普通の人間がのんびり住んでいていい場所ではないのだが、大家さんでもある駄菓子屋“水無月堂《みなづきどう》”の店主・水脈《みお》さんに頼まれた僕は、死者の悩みを解決すべく立ち上がってしまい……。ほっこり懐かしい謎とき物語！

角川ホラー文庫

ISBN 978-4-04-101859-0

幽落町おばけ駄菓子屋

思い出めぐりの幻灯機

蒼月海里

おばけの皆さん、お悩み解決します。

東京の有楽町と間違えて、おばけの町——幽落町に引っ越した僕・御城彼方《みじょうかなた》。生身の人間なのに"あの世"と"この世"の中間の不安定な存在として、この町で1年間暮らさなければならなくなった僕は、大家さんでもある龍の化身の水脈《みお》さんに助けられながら、毎日を過ごしていた。そして今日も、水脈さんの営む駄菓子屋"水無月堂《みなづきどう》"には、悩みを抱えた"人ならざる者"が救いを求めてやって来る……。心温まる謎とき物語、第2巻！

角川ホラー文庫

ISBN 978-4-04-101860-6

幽落町おばけ駄菓子屋

たそがれの紙芝居屋さん

蒼月海里

おかえり。なつかしいこの場所へ。

秋が深まり、アヤカシの住む幽落町にも冬が近づいてきた。次の春までの期間限定で、渋々ながら常世《とこよ》の住人になったはずの御城彼方《みじょうかなた》も、下宿アパートの大家さんで駄菓子屋“水無月堂《みなづきどう》”の店主でもある水脈《みお》さんや、その仲間たちとの生活に、すっかり馴染んでいた。そんなある日のこと、彼方は池袋の公園で、水脈さんの過去を“印旛《いんば》沼《ぬま》の龍の昔話”として子供らに語って聞かせる謎の紙芝居屋さんと出会って……。シリーズ第４巻！

角川ホラー文庫

ISBN 978-4-04-102817-9

幽落町おばけ駄菓子屋

春まちの花つぼみ

蒼月海里

「さよなら、幽落町」別れと出会いの物語。

新しい年が明けた。冬から春に向かうにつれ、御城彼方《みじょうかなた》の心にはチクチクと棘《とげ》のように刺さるものがある。それは幽落町での生活のこと。去年の春、彼方は生身の人間でありながら常世《とこよ》の住人になった。でも、その契約期間は1年。約束の期限がもうすぐ切れようとしているのだ。下宿アパートの大家で駄菓子屋“水無月堂《みなづきどう》”店主の水脈《みお》さんは、生者の彼方がこれ以上、常世の幽落町にいてはいけないと言うけれど……。シリーズ第5巻！

角川ホラー文庫

ISBN 978-4-04-102816-2

ISBN 978-4-04-104129-1

幽落町おばけ駄菓子屋

星月夜の彼岸花

蒼月海里

シリーズはいよいよクライマックスへ

夏休みを持て余していた御城彼方《みじょうかなた》は、水脈《みお》や真夜《まや》と一緒に湘南の海に出かける。しかし、水脈の目的は江の島に来ている忍《しのぶ》に会う事だった。忍となぜか一緒にいた朱詩《あかし》と合流した彼方たちは、江の島の岩屋へと五頭龍《ごずりゅう》を訪ねる船の中で「海坊主」の噂を耳にする。五頭龍も多発する水難事故を憂えて、一行に真相究明を依頼する。彼方の将来への思い、都築《つづき》の生い立ちの謎と決着……。巻末には、キャラクターや水無月堂の設定資料を特別収録！

角川ホラー文庫

ISBN 978-4-04-104604-3

幽落町おばけ駄菓子屋

春風吹く水無月堂

蒼月海里

いなくなってしまうの？　水脈さん！

迷子になった少年が手にする、観覧車が写る古い写真に遺された曾祖父の想い。鷽替え神事で賑わう亀戸辺りに現れた廃線になった都電の未練。そうしたアヤカシたちの憂いをはらす水脈《みお》の前に、故郷印旛沼から龍王の使者が現れる。彼の罪が赦されたので連れ戻しに来たという。それを聞いて慌てる彼方《かなた》たち。水脈は幽落町からいなくなってしまうのか？　大人気シリーズ、ついに最終巻！（特別かき下ろし「幽落町」風景画収録）

角川ホラー文庫

ISBN 978-4-04-105484-0

深海カフェ 海底二万哩《マイル》

蒼月海里

「幽落町」シリーズの著者、新シリーズ！

僕、来栖倫太郎《くるすりんたろう》には大切な思い出がある。それは7年も前から行方がわからない大好きな“大空《おおぞら》兄ちゃん”のこと。でも兄ちゃんは見つからないまま、小学生だった僕はもう高校生になってしまった。そんなある日、僕は池袋のサンシャイン水族館で、展示通路に謎の扉を発見する。好奇心にかられて中へ足を踏み入れると、そこはまるで潜水艦のような不思議なカフェ。しかも店主の深海《ふかみ》は、なぜか大空兄ちゃんとソックリで……!?

角川文庫のキャラクター文芸

ISBN 978-4-04-103568-9

深海カフェ 海底二万哩《マイル》 2

蒼月海里

ついに深海の秘密が明かされて……!?

池袋のサンシャイン水族館で、展示通路の壁に見つけた不思議なカフェの扉。いつのまにかそこの常連となっていた僕、来栖倫太郎《くるすりんたろう》は店主の深海《ふかみ》とともに、客が心の海に落とした『宝物』を捜すようになっていた。その日もいつもと同じように扉を開けた瞬間、店内の様子が変わっていることに気がついた。深海の姿はなく、まるで何年も放置されていたかのように、暗く分厚く埃が積もっている。一体何が起きたんだ……!?

角川文庫のキャラクター文芸

ISBN 978-4-04-103567-2

ISBN 978-4-04-105485-7

華舞鬼町おばけ写真館

祖父のカメラとほかほかおにぎり

蒼月海里

華舞鬼町《かぶきちよう》、そこはレトロなおばけの街

人見知りの激しい久遠寺那由多《くおんじなゆた》は大学をサボったある日、祖父の形見のインスタントカメラを、なんとカワウソに盗まれてしまう。仰天しつつビルの隙間へと追いかけるが、辿り着いた先はアヤカシたちが跋扈《ばっこ》する別世界、『華舞鬼町』だった。狭間堂《はざまどう》と名乗る若い男に助けられた那由多は、祖父のカメラで撮った写真に不思議な風景が写っていたためにカワウソがカメラを盗んだことを知って……。妖しくレトロなほっこり謎とき物語。

角川ホラー文庫

ISBN 978-4-04-105486-4

マツリカ・マハリタ

相沢沙呼

いつだって世界は変えられる！　青春学園ミステリ。

柴山祐希、高校２年生。学校の向かいにある廃墟ビルに住み、望遠鏡で校舎を観察している美少女・マツリカに命じられて、学校の怪談を調べている。新学期、クラスになじめない柴山の下に、１年生の時に自殺した少女の霊が、ときどき校内に現れるという情報が舞い込んできた。その真実を突き止めるため、捜査を開始したが、調べていくうちに……⁉　他人と関わる事で、嫌いだった自分も、変わることができるはず。青春ミステリ。

角川文庫のキャラクター文芸

ISBN 978-4-04-104615-9